西村京太郎 『旅情』 系列

蓝色列车谋杀案

[日] 西村京太郎 著

杨懿萱 译

群众出版社

图字：01 - 2012 - 1638

图书在版编目（CIP）数据

蓝色列车谋杀案／（日）西村京太郎著；杨懿萱译. —北京：群众出版社，2013.8
（西村京太郎"旅情"系列）
ISBN 978 - 7 - 5014 - 5145 - 6

I.①蓝…　II.①西…②杨　III.①侦探小说—日本—现代　IV.①I313.45
中国版本图书馆 CIP 数据核字（2013）第 135035 号

蓝色列车谋杀案

［日］西村京太郎　著

杨懿萱　译

出版发行	：	群众出版社
地　址	：	北京市西城区木樨地南里
邮政编码	：	100038
经　销	：	新华书店
印　刷	：	北京通天印刷有限责任公司
版　次	：	2013 年 8 月第 1 版
印　次	：	2013 年 8 月第 1 次
印　张	：	7.5
开　本	：	880 毫米×1230 毫米　1/32
字　数	：	180 千字
书　号	：	ISBN 978 - 7 - 5014 - 5145 - 6
定　价	：	22.00 元
网　址	：	www.qzcbs.com
电子邮箱	：	qzcbs@sohu.com

营销中心电话：010 - 83903254
读者服务部电话（门市）：010 - 83903257
警官读者俱乐部电话（网购、邮购）：010 - 83903253
文艺分社电话：010 - 83901330　　010 - 83903973

目 录

CONTENTS

第一章
下行列车 "隼鸟号"

1

当青木踏上东京站十三号站台时，"隼鸟号"的蓝色列车已停靠在站台上。这就是他准备乘坐的特快卧铺列车。

尽管牵引这十四节客车车厢的 EF65 型电力机车还没有挂上，但为了供应车厢的照明和冷气，电源车的柴油机已经发出了低沉的轰鸣声。

3 月 27 日，下午 4 时。

虽然下午的阳光很充足，但乘夜行列车总是有些初春的寒气，也许是由于圆顶车厢是浅蓝色的缘故吧。

青木向前面的一号车厢走去。"隼鸟号"只有一号车厢是单间的卧铺。

"有人了！"

站台的前方聚集着一群拿着照相机、录像机和八毫米摄影机的年轻人。他们大多是中小学生，而且都是男孩子。青木脸上露出了笑容。他早就听说这些夜行卧铺列车在青少年中引起了轰动，现在这个情景证实了这一说法。

站台上乱糟糟的，有的少年对着列车按动着照相机快门，有的来回转动着摄影机，那神色像是只有拍下卧铺列车才能感到心满意足。还有的孩子很慎重地支起三脚架，等待着列车发车。在这些人之中也夹杂着几个成年人。

青木则是作为周刊杂志的记者来采访卧铺快车。总编要求他乘坐"隼鸟号"到终点站西鹿儿岛，以便采访一下卧铺快车引起轰动的原因。

这张单间卧铺票是五天前弄到手的。这种票一般都是一个星期前预售。但最近卧铺列车红起来了，票很难买到。临行前总编宫下一再嘱咐："这张票是动用了仅有的门路才弄到的，全靠你写出有趣的报道了。"

青木从上衣兜里取出票，确认是一号车厢的七室后走进了单间卧铺车厢。

车厢的一侧是宽一米左右的通道，上面铺着地毯，沿着通道并排着十四个房间。入口处是乘务员休息室，通道尽头是两个厕所及堆放毛毯等东西的小仓库，前方就是通往电源车和行李车的门了。

七室恰巧在正中间。他开门走了进去。房间实在不甚宽敞，不过设备倒很齐全。当作床用的长座席上，整整齐齐地叠放着毛毯、睡衣和白布裹着的枕头。地板上放着一双与车厢颜色一样的蓝色拖鞋，一派夜行列车的气氛。车窗是正方形的，大小有一米左右。窗下有一个固定的桌子，打开桌盖，下面是洗脸盆。两个水龙头上分别有 H 和 C 的字样。因为乘这趟车的目的就是采访，所以他试着打开标着 H 的水龙头，一股热水"哗哗"地淌了出来。

青木试了试座席。他身高一米七，体重六十五公斤。这在日本人当中可以称得上是标准体型了，躺在座席上并不感到窄小。不过，对于现在身体日益增高的年轻人来说恐怕就显得有点儿窄小了。

第一章 下行列车"隼鸟号"

对面墙上挂着一面大镜子，镜子下面露出与电动剃须刀设置相匹配的 AC100V 插座。门边并列着室内灯及冷暖气的开关。最边上的一个按钮则涂成红色，上有"警报"字样，万一出现情况只要按动这个按钮，乘务员就会马上赶来。猛然间，青木产生了一股想按下去试试的冲动，他慌忙转过头去。

左右墙壁上各有一个衣帽钩。在一个衣帽钩上挂着一只压扁的衣服架，一看就知道是个便宜货。他把大衣挂在那儿，拿着相机打开门，差一点儿和一位高个子男人相撞。

"对不起！"青木说道。

对方却默默地向通道尽头走去，进了一室。这人拿着手提皮包，像一个公司职员。

"真是个冷淡的家伙！"青木轻轻地咂了咂嘴。

入口处的房间也进了旅客，门敞开着。青木往里看了一眼，一位二十四五岁的青年男子正在往八毫米摄影机里装胶卷。

青木看到站台上拿着相机的孩子们都向前跑去。怎么回事？他下车一看，原来是牵引本次列车的电力机车正在挂车，孩子们要拍下这一瞬间。

一声低沉的声响，EF65 型电力机车与车厢连接上了。青木看了看手表，4 点 30 分。再有十五分钟"隼鸟号"就要发车，是旅客们上车的时候了。

站台上响起尖锐的铃声，从对侧十二股道上开往佐世保、长崎方向的卧铺列车"樱号"开动了。少年们为了拍"樱号"发车的镜头，一齐跑往对侧。青木拍下三张孩子们的镜头后回到自己的车厢。

一进入通道他便惊呆了：一位年轻的女人凭靠着窗户，那张正在眺望站台的侧脸楚楚动人。

2

她竖着浅茶色的大衣领子目不转睛地看着站台。如果在白天，在银座嘈杂的人群中她是到处可见的平常女性。然而，或许是由于夜行列车这种特殊的氛围吧，她的脸上露出孤单的神情显得特别独特。

青木端起照相机按动快门。在闪光灯的照射下，她惊讶地看着这边，大眼睛里明显地流露出为难和谴责的神色。

"啊，对不起！"青木机敏地挠挠头对她说道，"您的姿态太富于诗意了，不由得使我拍了下来。啊，我就是干这行的。"

青木掏出了印有《时代周刊》杂志的名片。她接过名片，但仍没有消除疑虑。

青木安抚般地问道："您到哪儿？"

"到西鹿儿岛。"这个女人简短地回答了一声。

"啊！是终点站。这是夜行列车，所以说终点站更浪漫些。我也去西鹿儿岛，是来采访卧铺快车的。"青木很随便地聊了起来，"您在几号房间？"

"八号。"

"好！我的邻居。我不过是想在报道中使用一下您的照片。这样吧，让我从站台上再拍一张您从车窗里向外看的照片。"

青木不等对方回答就走下站台。《时代周刊》是以青年读者为对象的杂志，颇有名气。对方常常在不知所措中当了他的报道的模特儿。但当他走到刚才的那个车窗时，那个女人的身影却消失了。

青木咂了咂嘴，因为是密封式车窗，由站台呼唤对方也听不见。没办法，他只好拍了几张站台情景的照片后回到列车上。

通道上刚才拿八毫米摄影机的年轻人正对着站台转动着摄影机。

那个女人所在的八室的门关着，小小的窗户从里面挂着窗帘。好冷漠的女人！青木边想边走进自己的房间，关上门躺在座席上。

不一会儿，发车的铃声响了。"呜"的一声汽笛长鸣，接着是咣的一下晃动，十四节车厢编组的卧铺快车——下行"隼鸟号"缓缓地驶出东京站。

摆脱开采访这件事，青木的情绪突然变得多愁善感起来。

"启程了"的念头在他脑海中掠过。过去去采访不是坐飞机就是乘新干线，每次出发也都很匆忙，但都不曾有过启程之感。他躺在座席上，眺望着窗外飞逝的东京街头。

3月末的下午5点，天还是很亮的，但很快黄昏就把大地笼罩了起来。

发车后马上检票。听乘务员讲，单间卧铺满员。青木点上一支烟，浏览起一篇关于蓝色列车的报道。据报道，日本国有铁道正式命名的特快卧铺列车之所以被人们称为"蓝色列车"有两种说法：一种观点认为是因为整个车体均涂为蓝色；另一种则认为这是仿照法国著名的夜行列车"蓝色列车"而得名。青木觉得后一种说法更有趣味。正在想着，列车到达了第一个停车站——横滨站。

这里同东京站一样，站台上也有一群拿着照相机和录像机的少年。在这一点上可能哪个站都一样，会有少年们在等待着列车的到来。

大概是到了真鹤附近，夜幕在列车前进的方向降临了。皎洁的月光映在车窗上。是一轮圆月。

青木目不转睛地看着窗外，黄色的万家灯火在黑暗中向后方飞去。偶尔也会出现几盏红灯，是派出所或急救医院的吧。闭上眼睛可以听到车轮撞击钢轨接缝发出的有节奏的声响。汽笛时而响起，似乎要撕裂周围的空气。

青木感到嗓子干得厉害就走出了房间。因为洗脸盆的水不能喝，他想起通道尽头有饮用水。

自去年年底到今年，全国很少降雨，尽管雷声隆隆却不见下雨。东京已处在限制用水阶段，特别是雨水少的东海地区，各城市已对居民实行定时供水了。嗓子发干肯定也是空气干燥的缘故。

在通道尽头的厕所旁边有提供饮用水的设备。刚才那个拿八毫米摄影机的年轻人正在用纸杯喝水。他大概与青木一样，也是觉得嗓子发干吧。

回来时，不知为什么青木又想起了隔壁的那个女人，就向八室窥视了一下。

八室的门微微开着，那个女人却不在。

大概是去餐车了，青木想着也打算去吃晚饭，就向餐车走去。

二号车厢往后都是被称为二等卧铺的上下两层的卧铺车厢，通道与卧铺是用布帘隔开的。因为刚过7点，乘客基本上都没有睡。有的在玩扑克，有的在吃盒饭，有的在看画报。

列车又开动了。小孩子们吧嗒吧嗒地在颠簸的通道上跑来跑去。青木感到单间卧铺虽然不会受到别人的干搅，但旅行的真正妙谛恐怕在于与人结成旅伴，要做到这一点就得在二等卧铺车厢了。

餐车在列车中部的八号车厢，基本上被坐满了。女服务员一边匆忙地来往，一边高声喊着："请您同桌就餐！"

青木发现了坐在里边桌子旁边的那个女人，就向那张桌子走去。在东京站停车见到她时，她竖着浅茶色的大衣领子，像是有意把脸盖住，而现在却穿着漂亮的粉红色连衣裙。青木在她面前坐下，轻轻地对她"啊"了一声。女人似乎已吃完饭，正在喝着咖啡。她扬起脸看了看青木，但眼神里仍带着为难的神色，默默不语。

好冷漠的女人！青木想着，同时又感到自己被眼前这个女人的魅力所吸引。大概这就是人们所说的"带有忧郁之美"吧！那端正的容貌不知为什么使人有一种不幸之感，真是位惹男人注视的女人。他很想知道她忧郁的缘由。

青木按菜单要了盒饭和啤酒后问那个女人："对不起，您是否有什么心事儿？"

也许是问到她心里了，她把送咖啡到嘴边的手突然停住了，放下茶杯摇了摇头："没有！"

"那好。不过，年轻漂亮的女人一有担心事总是挂在脸上。"

"我没什么担心的事情。"

"是吗？"青木朝着女人笑了，"可以的话，请问贵姓，去西鹿儿岛干什么？"

"……"

"您是公司的职员？"

"嗯？"

"我是想把您的照片用在杂志上，您能告诉我您的姓名和住址吗?"

青木取出笔记本看着这个女人。

她话刚说开头,突然两眼发直。青木觉出那双眼睛透过自己的肩膀在注视着餐车入口。他轻轻地转过身来,只见一位三十七八岁,身穿双排扣西装的男人站在入口处寻找着空座位。

"您认识那个人吗?"

青木的视线转回来问道。但那个女人已从椅子上站了起来。她在出纳处结了账走出了餐车。她在入口处与那个男人擦肩而过。那个男人向她笑着说了句什么,而她却扭脸走了出去。

奇怪!青木正在琢磨着,自己要的啤酒和饭送来了。

他要的盒饭为八百日元。青木苦笑着喝了口啤酒。

"对不起!"

一位男人在对面的座位上坐下。他就是刚才那位穿双排扣西装的人。

青木若无其事地观察了正在向女服务员点炖牛肉的这位男人的面孔。刚才从远处看他有三十七八岁,而近看好像更年轻一些。人长得相当帅。不过,他那薄薄的嘴唇使人有一种冷酷感。青木心里琢磨着:他同那个女人是什么关系呢?

"对不起,您去哪儿?"

男人拿出一个烟盒,那戴着白金戒指的手抽出一支烟叨在嘴上。

"到西鹿儿岛。"青木回答道。

那男人微微一笑:"好啊,我也是到终点站西鹿儿岛,咱们同行。"

"不过,我……"

"您是乘坐一号车厢单间卧铺的吧?"

"是的，您怎么知道？"

"在一号车厢的通道上，我好像见过您。也是蓝色列车的爱好者吧？"

"怎么看得出来？"

"因为您拿着相机到餐车来的，所以我这么想。"

那男人微笑着看着青木放在桌子上的相机。

"我是来采访的。"青木拿出名片，心想对方也会给他名片。

"噢，是《时代周刊》的。"他好像很感兴趣，把手伸进自己西服里的口袋。"糟糕，我的名片忘带了。我是律师，叫高田。"

"是律师？"

"我隶属东京律师协会。"高田说着突然转了话题，"刚才在这儿的那个女人，青木先生认识吗？"

3

"什么？"

青木用惊奇的目光望着高田。

"只是看了一眼，好像您同她很亲密。是同社的女记者吗？"

"不，我不认识。我觉得在写蓝色列车的报道中加上年轻女性的照片会有意思才打听了她去哪儿。"

"那么，……"

"我这个人大概实在不招人喜欢。不过，我倒认为您认识她呢。"

"我？"高田吃惊地瞪大了眼睛，"您为什么这么想？"

9

"她刚才看着入口处，神色很吃惊。我转头看时，您在入口处，所以我才这么想。"

"哈哈哈哈……"高田突然笑出声来，"有意思！"

"我说了什么可笑的事儿了吗？"

"不是。她乘坐的是一号车厢的八室。"

"这我知道。"

"我在隔壁的九室。她是个相当漂亮的女人。我和她搭话。可是同您一样，大概是缺少魅力，我碰了钉子。我想咱俩是同样的伙伴，这太可笑了。"

高田愉快地哈哈大笑。

青木没跟着笑。不知为什么，他不喜欢这个男人。

吃完饭，青木说了声"对不起，我先走了"就站起身来。

回到一号车厢，他又往八室望了望。门关着，仍拉着窗帘。他又看了看手表：还不到 8 点。他走进自己的房间，打开放在狭长桌子上的笔记本。

列车仍以稳定的节奏行驶在夜幕之中。

"在夜行列车上，乘坐着一位美丽而奇怪的女人……"

青木在笔记本上写道。他想，不算坏的开头！在如此气氛的报道中再配上她的照片，连总编也不会有意见。想到这儿他才发现自己的相机忘在餐车上了。

青木急忙返回餐车。餐车的座位比刚才空，高田也已离去。他找到刚才吃饭的桌子，可相机不见了。他慌了。这架相机是公司的，而且是新产品，赔的话得十万日元。

"您发现一架照相机没有？"他脸色苍白地问女服务员。

"相机我们收起来了。"对方回答。

青木一听，紧张感很快地消失了。

"是这架吗？"女服务员从现金出纳自动记录器的后面取

出一架黑色机身的相机。

"是，是它。多亏您的帮助，谢谢！"

"这是在那张桌子上吃饭的客人送来的。"

"那位穿双排扣西装的男人？"

"是的。"

是他？想不到不知道为什么自己不喜欢的男人或许是个好人，如果再见面一定要向他道谢，青木想到。青木边走边回到了一号车厢。他特意往高田乘坐的九室看了看，门开着，但没有他的身影，也许是上厕所了。

青木回到自己的房间，取出钢笔准备将刚才的文章继续写下去。如果把自己将相机忘在餐车上又失而复得的事件作为插曲写进报道里，也许更有意思。

青木放下笔，端起找回来的相机对着窗外飞逝的夜景按下快门。"哎呀！"他拧胶卷时觉得非常轻，好像相机没装胶卷一般。上卷轴轻轻转动，回卷轴是在空转。他打开后盖一看，原来装进去的胶卷不见了！

4

青木清楚地记得今天离开社里前装上了三十六张的彩色胶卷。它被谁取走了？是那个家伙，肯定是叫高田的律师！保存相机的餐车服务员总不至于从乘客的相机里取走胶卷。只能是他！但他为什么要取走胶卷，开这种玩笑？真叫人搞不懂。

青木无可奈何地装进新胶卷，同时思考着。一般来说，取走胶卷的理由只有两个：或是讨厌自己使坏；或是胶卷中拍进了对他不利的东西或人。

青木不由得从心底讨厌起这个男人。当然对方也可能讨厌自己，所以有可能是他使坏。但如果要使坏完全可以把相机拿走，或者把相机从列车上扔掉。谁都清楚，这样做会给青木造成麻烦。取走胶卷无疑也是一种办法，但有了相机可以再装胶卷，不会给青木造成多大麻烦。假如是这样的话，取走胶卷只能是第二个理由，那就是他认为拍进了使他不高兴的东西。

青木不记得拍过这个人的照片，因为在餐车上是初次见面。那么，只有八室的女人，他想到。高田把那个女人挂在心上，他曾说是在这趟蓝色列车上初次见到她，觉得她长得漂亮就去主动搭话。会不会在此之前他们就相识，高田因而盗走拍有她的照片的胶卷？

真不明白他为什么要干这种事。

她说过是去终点站西鹿儿岛。这趟车到西鹿儿岛的时间是明天下午 2 点 42 分。现在是 7 点 52 分，还有十八个小时之多。在这段时间里还可以拍她的照片，也就是说那个男人的行为毫无用处。那么，他为什么要偷胶卷呢？

疑问在青木的脑子里回旋着。这也难怪，因为他对那个女人和高田都不了解。他不再想下去了，只是决定不管怎样也要再拍一次那个女人，并在自己的报道中用上。

青木很生高田的气，但没有高田取走胶卷的证据，即使当面盘问他也会说不知道的。

列车 9 点 35 分正点到达名古屋。青木觉得那个女人也许会突然出现在通道上，就拿着相机走出房间。

八室的门关着，窗帘也拉着，看不见她的身影。

拿八毫米摄影机的年轻人也下到站台上转动着摄影机。列车开动后，他回到车厢，打开车门旁边的一个小窗户，拍着渐

12

渐远去的名古屋的灯光。

"窗子能打开?"

青木吃惊地问道。他一直以为凡是特快列车的窗户都是打不开的,现在他才知道蓝色列车不同。

转动着摄影机的那个年轻人从窗外缩进脑袋,有点儿得意地说道:"蓝色列车的单间卧铺一号车厢的这个窗子和列车室的窗子都能打开。"

这八十厘米见方的小窗户往下拉才能打开。吹进来的风很冷,年轻人关上窗户,风即刻消失了。

"不错。您知道的事真不少啊!"

青木很赞赏这个年轻人。

"因为我喜欢蓝色列车,所以我对它进行了各种各样的研究。"

"你是学生吗?"

"不,已经参加工作了。这次是向公司请假到九州去,我回来还准备乘蓝色列车。您呢?"

"我是编杂志的。"

"也搞蓝色列车专集吗?"

"是的。"

"那么到了大阪最好下车看看,因为那站停车四分钟。"

"到大阪是半夜 12 点 08 分,那时候能有什么?"

"有名的'三人帮'呀!好像是中学生,他们会拿着照相机在等着蓝色列车。"

"半夜 12 点多?"

"对,所以才是有名的'三人帮'嘛。"

年轻人笑着进入了自己的十四室。青木又在通道里坚持了一会儿仍不见那个女人要出来的样子。他只好无奈地返回自己的房间，并从口袋里掏出在东京站买的小瓶威士忌。每次旅行他都要买上这么一小瓶，一点儿一点儿地喝着消磨时间。因为这样一来，到将近半夜的时候，酒瓶子空了，睡意也来了，就能美美地睡上一觉。

他喝了两口酒，便把瓶子放在桌子上。这时车内广播响了。乘务员说道："现在是休息时间，为此，在明早到小郡站以前停止广播，诸位晚安。"

他想：这么晚了，那个女人更不会从房间里出来了，如果她锁上门睡着了，那么直到明早她也不会到通道上去了。

列车22点02分到达岐阜，23点34分到达京都，都是正点到达。下一站便是大阪了。青木又想起刚才那个年轻人提到的小家伙们的事儿来。快到大阪站时，他拿起照相机走到通道上。

通道一侧窗户的窗帘已被乘务员放了下来。青木拉开一幅窗帘，凝视着渐渐靠近的大阪站。

年轻人拿着摄影机走了出来。另外，从十室里走出一位穿着睡衣的中年男人。他手里拿着柯尼卡相机，大概也是听到了"三人帮"的事出来拍照的。

"隼鸟号"驶入站台，在这个时候没有什么乘客，站台上空荡荡的。但当列车靠近站台前端时，果然有三个戴棒球帽的中学生正拿着带闪光灯的照相机等着呢。

列车停稳，青木端起照相机刚对准这三个学生，对方中的一个却向这边按下了快门。闪光灯一闪，青木在这一瞬间闭了下眼睛。那个戴眼镜的少年匆忙地向青木点头行了个礼，又向前跑去，大概是去拍火车头了。

青木苦笑着下到站台上，他拉住"三人帮"中的一个少年询问。少年回答说他们要在这个站台上坚持到明早，拍下不断驶进的蓝色列车。问他拍蓝色列车的照片干什么，他只笑不答。超级车流行时，有的孩子会多拍几张照片硬卖给朋友，青木以为这三个小家伙也许就是这样的孩子。

四分钟的停车时间过了。青木回到列车上时，站在通道上的高田问道："怎么样，拍到好照片了吗？"

他没有穿睡衣，衬衣上系着领带。

列车开动了。

"啊？什么？"

"您把相机忘在餐车里，我把它交给服务员了。它大概已经平安无事地回到您的手里了吧？"

"谢谢您！"青木虽然道谢，但是不追问一句又有些不甘心，"想不到我装在里面的胶卷被人取走了！"

青木紧紧地盯住对方的脸色，而高田只是纳闷地"噢"了一声："怪事！是不是您忘装了？"

"我记得很清楚，离开杂志社前装了胶卷。"

"那就太怪了，餐车服务员又不会拿走……"

"您没拿吗？"

"我？"高田反问了一句，突然笑出声来，"有意思！您是说我拿了胶卷？"

说完，他笑着走回九室。

青木回到自己房间，心里乱糟糟的，便又喝起威士忌。

二十四分钟后，列车到达了三宫站。根据时刻表，再往前是 3 点 35 分到系崎站，其间不再停车。

不知是由于列车有节奏的振动还是由于思考得太久，青木突然感到发困，便闭上了眼睛。

5

青木感到有尿意时便睁开了眼睛。列车仍在夜幕中向西行驶。他站起来，也许是头天喝醉了，或许是两三天前有点儿感冒，他感到有点儿头痛。他晃着脑袋走到通道上，朝前面的厕所走去。通道左拐处并排着两个厕所。他解完手，头脑也有些清醒了。

他走回通道，正巧八室的门开了，走出一位乘客。

"再搭个话，请她让我拍张照片。"

想到这里他上前准备向对方打招呼，可是话到嘴边又咽了回去。他呆住了：从八室出来的是和前一个女人不同的另一个女人。当初那个女人只有二十二三岁，身穿粉红色连衣裙，外面披着浅茶色的大衣，面容忧郁而美丽。而现在通道上的却是个穿着三十年代样式和服的身材矮小的女人。

她向青木走过来，说了声"借光"从他面前走过去，进了厕所。

青木目送着她的背影，然后急忙来到这个女人出来的房门前看了看，心想可能自己认为是八室而实际上她是从别的房间出来的。乘务员说十四个房间都有人，自己只见过其中五个人，其余八个都没见过面，可能其中就有这个穿和服的女人。

但是，穿和服的女人走出来的房间就是八室。从开了五六厘米的门缝往里看，房间里没有人影，看来并不是二等卧铺里的朋友偶尔到这个单间来玩的。

怪了，青木皱起了眉头。那位富有魅力的女人到哪儿去了？他呆呆地站在通道上想着。

▲

这时，穿和服的女人回来了。她通过青木面前时又说了声"借光"，准备进入八室。青木像条件反射似的说了声："请等一等！"

等这个女人停下来后青木又说道："对不起！"

"什么事？"这个女人用警惕的目光看着青木。

"您是在八室吗？"

"是的。"

"那里乘坐的该是位二十二三岁的女人。您是在东京站上车的吗？"

"当然是。我到西鹿儿岛。怎么啦？"她生气地反问道。

"可这八室里原来有别人……"

"请您讲话有点儿礼貌！"她嗓门加大，面孔也板起来。

青木感到很为难。正在这时乘务员来到通道上，用温和的口吻提醒他们："大家都休息了，请安静！"

"都是他说的怪事！"女人抬高嗓门说道。

"什么事儿？"

"说这个八室好像我不该坐。"

"为什么？"乘务员问青木。

"我是从东京上车的。这八室里乘坐的是位个子高高的身穿粉红色连衣裙的女人。她说是到终点站西鹿儿岛，餐车上我们曾在一起，我还拍了她的照片呢。可现在这个女人从八室里出来了，太叫人吃惊了。"

"我确实是从东京上车的。"这个女人十分肯定地说道。

"那您带着车票了吧？"

乘务员说后，这个女人从和服袖口口袋里拿出了车票。乘务员拿过票看了看，然后点了点头说道："啊，没错。"

然后他又转向青木："您没弄错吗？"

17

"不会错的。"

"但这确实是八室的票，也检了票，肯定是乘坐这趟列车的了。"

"那么，八室的那位年轻女人哪儿去了？"

"我也不知道。真有您说的那个女人吗？"

"当然有过，您不记得了吗？"

"不。这趟车有四个乘务员，一个人要负责三四节车厢，不可能记住每个人的长相。实际上，您的面容我也不记得了。"

"对了，九室的乘客也见过她。那位乘客叫高田，是位律师。问问他就知道我的话是不是真的了。"

"可现在都睡觉了，天亮起床后再问怎么样？"

"不行！请您现在把他叫起来确认一下。"

"为什么？"

"因为我不放心。"

"不放心什么？"

"我看到乘坐八室的那个女人现在变成另外一个人。你想想，说不定那个女人的生命有危险。所以，不能等到明天早上！"

"可是……"

"请快一些，一个人忽然从列车上消失了，如果她真的死了，您怎么办？"

乘务员迫于青木的压力动手敲了敲九室的门。

"谁呀？"

里面传来一个男人的声音。

"我是乘务员，想问您点儿事儿。"

"我刚睡着。"

"对不起。事情很急，无论如何也要问您一下。"

"真没办法。"

穿着睡衣的这个男人发着牢骚打开了门。

青木就在这一瞬间"啊"地叫出声来：不对，这儿又是一位与那位律师完全不同的男人。

6

这是一位五十来岁的秃顶男人。他不停地挠着裸露的胸脯，看着列车员和青木的脸，"究竟是什么事儿?"

"其实……"

乘务员刚要说，青木用力拉了拉他的袖口说了声："不对!"

"怎么不对了?"

"在九室的不是这个人!"

"这个人说什么?"这个男人不高兴地瞧着青木问乘务员。

"实在对不起。"乘务员为难地说道。然后，他拉着青木到通道的一端问道："这究竟是怎么回事儿?"

"我也想打听一下。现在这个男的不是九室原来的人，错了!"

"又是另外一个人?"

乘务员厌烦地耸了耸肩膀。

"对。九室原来是一位穿藏青色双排扣西装、三十多岁的男子，叫高田，是位律师。"

"是他吗?"

"不是，所以才说是另外一个人。"

"喂，我说先生！"乘务员一脸疲倦地说道，"快去休息吧！肯定是你在做噩梦。要不然，我把乘客都叫起来？"

"不，不必了。"

青木回到七室关上房门。他坐在座席上点燃一支烟陷入了深思。这究竟是怎么回事呢？那个女人，不，不仅她，还有那个叫高田的男人都到哪儿去了？

列车减慢了速度，是进站了吧。青木抬头看着窗外，列车低速通过一个车站。深夜的车站不像有人。青木看见站牌上的站名：仓敷。他嘟哝着看了看手表：4点02分。

他想，已经4点了。但他又马上再次看了看手表。怎么？青木揉了几遍眼睛看了好几遍。手表上的指针指示4点多钟了。怪了！他从手提包中掏出时刻表查看，"隼鸟号"到达系崎的时间是清晨3点35分，仓敷在它之前，所以现在应当是不到3点钟才对，可手表却指着4点多钟。

这块表是一个月前刚买的石英表，每天误差不到一秒。难道是表快了一小时？要不就是这趟列车由于事故误点了？可是，如果真是如此的话乘客早就乱套了，而且刚才乘务员也会说明的。

这事……他思索着又看了看时刻表。从东京开往山阳、九州方向的卧铺快车有七列。

"樱号"：16点30分发，开往长崎、佐世保。

"隼鸟号"：16点45分发，开往西鹿儿岛。

"瑞穗号"：17点发，开往熊木、长崎。

"富士号"：18点发，开往西鹿儿岛。

"晨风一号"：18点20分发，开往博多。

"晨风二号"：19点发，开往下关。

"濑户号"：19 点 25 分发，开往宇野。

其中到西鹿儿岛的只有"隼鸟号"和"富士号"两趟车。而且两趟蓝色列车的车辆编组也完全一样。客车的第一节车厢是单间卧铺，从第二节车厢起都是二等卧铺，连餐车的位置也是一样的。

如果这趟列车不是"隼鸟号"而是"富士号"就全都对上了，他想着。"富士号"比"隼鸟号"自东京站晚发一小时十五分，到这里的时间正好是 4 点多。同时，那些见过的乘客的消失也就不足为怪了。

威士忌！肯定是有人在小瓶威士忌里放了安眠药。大概是在大阪自己下到站台的时候。自己在沉睡时被什么人弄下"隼鸟号"，然后移到了晚一小时十五分到达的"富士号"上，而且同样安排在一号车厢的七室里。

青木寻找着威士忌瓶子。喝了三分之二的酒瓶原来就放在桌上，可现在不见了。地板和行李架上都找遍了就是不见那八百日元一瓶的威士忌酒瓶。如果这趟车是自己在东京乘坐的"隼鸟号"，那为什么瓶子会不见了？肯定是有人怕查出有安眠药而把它扔掉了。

突然，他感到左腕微微有些疼痛，仔细一看，腕部孤零零地有一个红点，像是针眼。看来不仅酒里搀了安眠药，还被人注射了安眠药。青木为了证实自己的判断，飞快地跑到通道上。

刚才九室的那位秃顶男人正在通道上抽烟。他看到青木便问道："您也没睡着？我也是刚入睡就被您和乘务员叫醒再也睡不着了。您有威士忌吗？"

"威士忌？"

"我想喝点儿就能入睡了。"

"没有。现在几点了?"

"嗯……"男人看了看手表,"现在是 4 点 16 分,怎么啦?"

时间正好对上,青木想。接着他又问道:"这是去西鹿儿岛的吧?"

"是啊,我就是去西鹿儿岛的。"

"我也是到终点站的。到西鹿儿岛是下午 2 点 42 分吧?"

"不,是下午 6 点 24 分。您说的是'隼鸟号'吧,去年年底我坐过,确实是 4 点多到。"

"这趟列车是下行的'富士号'吧?"

"是啊,没错!"

男人用异常的目光看着青木。

"果然是'富士号'!"

"这不是很清楚吗?您以为您坐的是哪趟车?"

男人盯着青木,然后像是有点儿害怕,慌忙走入九室关上了房门。他面对着一个记不清自己所乘坐的列车车次的男人,从而觉得有些可怕也是情有可原的。

通道上只剩下青木一个人了。他想,这趟列车肯定不是"隼鸟号"而是"富士号"了。那么是谁把自己弄睡,然后从"隼鸟号"上弄下来再移到晚一个半小时的"富士号"上的呢?他百思不得其解。眼下为难的是车票,自己拿的是"隼鸟号"的车票,向乘务员说自己是被人弄睡后"移"到这趟列车上来的,乘务员会相信吗?总之,车票这件事想办法向乘务员说明,希望他能理解。

青木原想天亮后再说,可又担心早上乘客都起床便不好向乘务员细说，就下决心向乘务室走去。

　　拉开通道尽头的门，乘务室就在那里。乘务员大概已经睡了。他迟疑了一下，刚要动手敲那扇写着"乘务室"的门，突然后脑被身后悄悄贴近的人猛击了一下。霎时，他觉得眼前一片漆黑，被拖进了黑暗之中。

第二章
溺尸（3月28日）

1

多摩川的水开始变暖了。冬季被拉上岸来晾晒的小船已涂上了鲜艳的油漆等待着游客。

水温变高，鱼也就爱上钩了。住在河边的六十岁的新井老人，在中午近 11 点时精神饱满地出门钓鱼去了。他原在 M 公司任职，五十五岁退休后又以非正式职员的身份继续工作。因为最近经济不景气，他才辞职，离开了工作了近三十年的公司。他有养老金，还有一些积蓄，三个孩子都独立了，家里只有他和妻子"文子"两人，生活还可以。但他是个爱活动的人，便把时间花在钓鱼上了。

新井对什么事都很痴迷，钓鱼也是如此。幸好多摩川近在眼前，只要不下雨，他每天都去钓鱼。

今天新井仍旧来到六乡铁桥，在岸边的草丛中坐下。这是他昨天钓上一条近三十厘米长的鲫鱼的地方。他叼起一支烟，不紧不慢地着手钓鱼前的准备工作。他放上鱼饵，然后把鱼钩甩出五六米远，便静静地环视着河面。他的视线在上游岸边停住，那里漂浮着一件浅茶色的大衣。

"谁扔的？现在的人净干这种事，扔了多可惜！"

24

他咂了咂嘴。这时河心传来马达声，一艘摩托艇驶了过去。浪花猛打起来，他急忙举起鱼竿。浅茶色的大衣也受到波浪的冲击摇晃起来。新井突然悲鸣般"啊"地叫了一声。

原来，那件浅茶色的大衣是一个穿着大衣的年轻女人的尸体。

2

巡逻车到达时，在附近高尔夫球场参加比赛的一伙人已聚在了现场。

蒲田署的刑警们在没膝的水中把漂浮的尸体拖过来，仰面朝天横放在了干燥的地面上。

"真年轻啊！"

一位刑警以沉重的语调在嘴里嘟哝着。女尸确实很年轻，看样子只有二十二三岁。死亡对任何年龄的人来说都是可悲的，而这么年轻就死了更使人感到可悲。

法医慎重地检查了尸体后对刑警们说道："只能确定是溺死，死亡时间不做解剖还搞不清楚。"

运送尸体的汽车开来了。尸体将运往大学医院解剖。之后刑警们开始搜查尸体漂浮的岸边，这是为了寻找能确定死者身份的东西，因为她的大衣口袋里连一件这样的东西都没有。约三十分钟后，在离尸体二十多米的上游、水深五六十公分处发现了一个女用手提包。

手提包相当旧了。刑警们慎重地检查，以便确认是否是死者的东西。包里装有化妆品、粉盒、手帕等，没有钱包，可能是被盗走了。在手提包的内侧发现了一张湿了的名片。

一名刑警小心地把它揭下来放在掌心上，看着印在名片上的字：

《时代周刊》编辑部　青木康二

大学医院对运来的尸体立即进行了解剖。死者没有外伤，肺部进水，明显是溺死。为了慎重起见，他们又对肺里的水进行了水质化验。奇怪的是，水的成分与多摩川的不一样。这说明很有可能是在别的地方溺死后扔到多摩川的。也就是说，他杀的可能性很大。

主持解剖的医师在鉴定报告中写道，死亡的推定时间为今天凌晨 2 点到 3 点之间。

杀人的嫌疑十分明显。下午 1 点，在蒲田署成立了搜查总部。

3

同日下午 1 点 15 分，警视厅搜查一科的十津川省三警部被本多科长请去。

身体一直很强壮的十津川因感冒身体很虚弱，今天仍然流着鼻涕。他在走廊里站住，用手帕擦了擦鼻涕，然后敲了科长室的门。

本多面色为难地迎接了十津川，"感冒怎么样了？"

显然，他绝不是为了这件事才把十津川请来的。

"不要紧，"十津川笑了笑问起本多，"发生了什么为难的事儿了吧？"

本多没有马上回答，而是停了一会儿考虑着如何开口。

"在多摩川发现了一具溺死的年轻女人的尸体，这事你听

26

说了吧？"本多轻轻地开了口。

"是蒲田署的事儿吧，我听说了。"

十津川在椅子上坐下，用手托着下巴。

"还不清楚她的身份，但从被认为是她的手提包里找到了一张名片。"

"是《时代周刊》社记者的名片吧，这不是查明她身份的线索吗？"

"不！"

"不是线索？"

"不一定的。因为手提包里还有另外一张名片。"

"这我倒一点儿也没有听说。"

"这是因为我们已经向蒲田署下达了严禁扩散的命令。"

"这张名片这么成问题？"

"就是这张名片。"

本多拉开抽屉，取出一张名片放在十津川面前。名片像是湿过再被弄干似的翘着，净是些小褶皱，却使十津川的目光闪亮。当然不是为了这些，使他兴奋的是名片上的字：

武田信太郎　文京区本乡东 1—1—1

这是一张没有头衔的简单名片，但武田信太郎与现任运输大臣的名字一模一样。如果仅仅是一张名同人不同的名片，本多是不会提出它有问题的，因为这位科长是不会随便就抬出某个人来的。

"大臣的名片，是吗？"

"让他的夫人看过了，说肯定是大臣的。据说在一般的交往中大臣都使用带头衔的名片，上面有住址、官邸。没有头衔的名片大臣只交给关系非常密切的人。正如你看到的这张一样，大臣的署名原样印在名片上，看上去每张都像是手写的，实际是印上的。"

"大臣现在不是在国外吗？"

"是的。世界交通会议昨天在伦敦开幕，他同随员去参加了。回来时他要在美国停留，4月1日回到日本。"

"请等一下。"

"什么？"

"这张名片既然是武田大臣的，难道杀人者不知道这件事的严重性？是不是认为这张名片成不了武田先生与女尸有关的证据？也许这张名片是在别人那里传来传去，最后传到死者手里的。况且，要是武田先生从昨天起出席伦敦会议的话，他肯定不会是凶手。因此，不是没有必要保密了吗？"

"这件事有两点不同：虽然目前没有查到死者与大臣有关的证据，但是随着形势的发展不见得就不会出现微妙的关系；第二个理由最重要，你还记得两年前中央银行日本桥分行发生的五亿日元诈骗案吗？"

十津川"啊"了一声。他想起了两年前那桩案件。因为此案是由搜查二科办理，他没有插手，所以详情不太了解。但他从报纸报道中有所耳闻。

两年前的7月26日，大选迫在眉睫。当时，武田信太郎是保守党的竞选委员长。当天下午2点，中央银行日本桥分行行长野上保之接到保守党干事长田岛打来的电话，说是想通融五亿日元作为竞选资金，由市谷的保守党会馆担保。他还说此事将委托官房副长官武田先生前来交涉，请多关照。

野上与武田是同乡，见过几次面。他认为田岛干事长可能是为此才指定武田来承担交涉任务的。

第二章　溺尸（3月28日）

下午 2 点 50 分，两个男人手持武田的名片乘车来到即将关门的银行。两个人的年龄都在三十岁左右，身穿藏青色西装，给人以精明的职员的感觉。其中一人自称叫松崎，是武田的秘书。野上之所以相信这两个人，是因为他们手中的武田的名片。这种名片野上曾从武田那儿得到过。名片的背面用钢笔写着"借用证　现金五亿元整　保守党竞选委员长　武田信太郎"，并且盖上了印鉴。野上认定笔迹是武田的，便把准备好的五亿日元现款交给了来者。这两个人凭着这张名片把分装在五个铝箱里的现款装进汽车拉走了。

然而，这一切都是假的。不仅干事长的声音是别人的，连名片背后的字和印鉴都是巧妙伪造的。唯有武田信太郎的名片是真的，分行长野上轻易上当恰恰是因为这个缘故。野上承担了责任，辞去了中央银行的工作。

警视厅搜查二科追查了这起案件，并制作了这两个人的剪辑照片，还从名片上取到了一名罪犯的指纹。

武田信太郎的名片是一个月前印制的，印了二百张。他是个一丝不苟的人，凡是他给名片的人都记在自己的笔记本上，共有七十九人。就是说在一个月内有七十九人得到了这种名片。警察逐一核对这七十九个人，三个星期后核对完毕。结果收回七十七张名片，剩下的两个人声称名片丢失了。

一个人是兼田制药公司经理兼田久志。他的住宅六月底矢火被烧掉一半。武田的名片与别人的名片一起在这次火灾中烧掉了。警察判断：每年因交上亿所得税而闻名的六十岁的兼田是不会利用武田的名片去诈取五亿日元的。

有问题的是另一个人。这位名叫中井良久的青年与武田一样都出生于西鹿儿岛。他今年三十二岁，在东京都内有十五家连锁饭店。他是在一次晚会上遇到官房副长官武田信太郎的。

由于是同乡，青年实业家得到了武田的名片。一周后他又亲自到武田府上拜访，并请武田题了字。

但中井硬说不知怎么丢失了武田的名片。但经警察查明，他经营的饭店营业状况很糟糕，已出现近六亿日元的赤字。他的相貌很像剪辑照片中的一个人，野上分行长也证明他很像拿出名片自称松崎的旁边的那个男人。

中井被拘留审查，但他利用警察的一时疏忽，用隐藏的玻璃片切了自己的手腕，自杀身亡。

搜查总部有两种看法：一种认为中井或许是无辜的；另一种则认为罪犯是在走投无路的状况下自杀的。警察们多倾向后一种看法。

两年，不，确切地说是一年零八个月过去了，既没有发现这五亿日元钞票，也没有查到另一个人。在这期间进行了大选，尽管政府有许多弊政，但保守党还是获胜了。内阁第二次被改组，武田信太郎当上了运输大臣。

4

"明白了吧，所以这张名片有着十分重大的意义。"本多盯着十津川说道。

十津川表示赞同："如果这张名片是中井丢失的，那么他便是无辜的。"

"对。"

"问题在于罪犯所利用的名片究竟是谁的。会是兼田制药公司经理丢失的那张吗？"

"不会。兼田的住宅确实失了火，当时名片被火烧掉了是不会错的吧。"

"这就更奇怪了。"十津川说道，"当时去向不明的名片说是只有一张，而实际上有两张。"

"正如你说的那样。"

"但是科长，搜查二科不是查证了案件发生时去向不明的名片只有一张吗？"

"查证了。"

"那究竟是怎么回事呢？"

"也许是武田先生搞错了。"

"这怎么讲？"

"当时，搜查二科查证了所有名片。武田记在笔记本上给出去的是七十九张；手里留有一百一十六张；还有五张因为折了或脏了，把它们撕碎扔掉了。这样合计是二百张。留在武田手中的一百一十六张名片搜查二科都验证了，问题是武田撕碎扔掉的五张也许是大臣弄错了，有可能其中有几张没记在笔记本上而给谁了。"

"不错。"

"如果这几张名片被滥用了，武田先生就要受牵连。据说武田先生贪图酒色，不能不考虑他酒醉之后把名片交给某个年轻漂亮的女人了。如果真是被罪犯利用了，大臣肯定要被弹劾的。"

"多摩川的死者就是个相当漂亮的美人！"

"是啊。所以我想让你去调查这个案子，大臣的名片一事始终要保密，最好是此案与两年前的案子无关，如果有关立刻报告我。"

"明白了。"

"带一个合适的人去吧？"

"我还是带龟井刑警。"十津川答道。

31

十津川回到自己的房间后，叫上龟井立即驱车前往蒲田署。龟井是干了二十年刑警的老手，也是十津川最信赖的部下。在车中十津川说明了案情，龟井微黑的脸朝着十津川，他认真地听完后说道："首先要查清死者的身份。"

"对的，龟井君。如果查明了死者的身份，证明与武田运输大臣无关就省事了。我最讨厌乱糟糟的。"

十津川笑了笑可内心却有着相反的预感，总觉得既然那个女人的手提包里有武田信太郎的名片，他们之间就会有什么联系。

到达蒲田署后，十津川与担任搜查总部部长的署长上冈寒暄起来。

"您来我就放心了。"

上冈身体肥胖，是柔道五段的高手，可说起话来声音很尖，女声女气的。

"关于武田大臣的名片一事，下了严禁扩散的命令吧？"

"对记者保密。如果那张名片与本案无关就省心了。"

上冈与十津川一样不信。即使明知政治家参与了杀人案，作为负责案子的刑事人员也应当全力以赴追捕凶手。但要是从意想不到的地方施加压力的话，那就麻烦了。

"据说那张有问题的名片是放在死者的手提包里的？"

"最初只发现了杂志记者的名片。手提包用得很旧了，内侧都已磨破，那张名片是在磨破的缝隙里找到的。"

"查清被害人的身份了吗？"

"还没有。详细情况要问吹田君了，他具体负责这个案子。"上冈说道。

吹田见习警部个头不高，但是个精力旺盛的人。十津川曾和他一起搞过三起杀人案的搜查工作。吹田人很精明，才三十岁。但可能是年轻的缘故，他过于自信了。

十津川见到吹田马上问道："被害者是个什么样的女人？"

"是个美人。"吹田的脸红了，"我想她活着时一定很有魅力。"

"她属于哪种类型呢？是公司经理秘书一类的，还是妓女一类的？"龟井问道。

"说不好属于哪一种。"吹田先是对着龟井，接着又转向十津川，"您是怎么想的，马凯鲁、安东列依·弗斯第鲁、阿古阿斯乔、列加比等。"

"你说的是什么？"

"是有名的服装和鞋的制造商的名字。马凯鲁是法国著名的女装裁缝，安东列依是著名的女靴设计者，阿古阿斯乔是英国的大衣制造商，而列加比则是法国的衬衣制造商。"

"这和被害者有什么关系？"

"检查被害者随身的东西时查明：粉红色的连衣裙是马凯鲁的，大衣是阿古阿斯乔的，衬衣是列加比的，靴子则是安东列依·弗斯第鲁的。"

"你懂得不少啊！"

"我哪儿懂啊，最多也就知道有个皮尔·卡丹而已。因为这些东西都不是日本造的，所以我请教了专家。我认为被害者是个爱打扮的人，或者出生在有钱人家，或者有个相当好的职业……"

"请稍等一下。"十津川用手止住了对方，"只是手提包不相称吧？它很旧，内侧都磨破了。"

"是的，而且是国产的，最多不过两三万日元。"

"那么，会不会有可能不是被害人的东西。"

"也曾这样想过，但手提包里有贵重东西，所以仍考虑是被害人的。虽然没有钱包，可化妆品却是高档货，香水是法国名牌耶鲁明斯。再请看这个，"吹田取出一个漂亮的银制钥匙环让他们看，"这是在国外买的，在日本得卖二万五千日元。"

"那上边没带钥匙？"

"发现时就没带，不知是被害人刚买不久还是钥匙被凶手拿走了。"

"恐怕是凶手连同钱包和钥匙一起拿走了。"十津川干脆断定。

"和名片上的那位记者取得联系了吗？"

"一小时前给杂志社打了电话。"

"结果呢？"

"接电话的是总编，叫宫下。他说青木记者去采访蓝色列车，乘昨天下午 4 点 45 分东京始发的'隼鸟号'列车到西鹿儿岛去了。我们查了一下列车时刻表，'隼鸟号'到达西鹿儿岛的时间是今天下午 2 点 42 分。"

十津川看了看自己的手表，"2 点 42 分，还有七分钟。"

"蓝色列车！"龟井露出了笑容。

"怎么啦，龟井君？"

"我那上小学五年级的儿子现在对蓝色列车着了迷，经常拿着带闪光灯的照相机和朋友到东京站上去拍照。"

"蓝色列车在孩子们中有那么高的声望吗？"独身的十津川对儿童世界一无所知。

"我问过那位叫宫下的总编，说是相当了不得呢！"

吹田讲起了东京站台上成群结队拿照相机和录像机的孩子们的事，十津川不感兴趣地听着。因为被害者是否与蓝色列车有关还不清楚，眼下与蓝色列车有关的是那张名片的所有者。

过了一个小时左右，从《时代周刊》杂志社打来电话，

第二章　溺尸（3月28日）

吹田接了电话，对方是总编宫下。

"啊？门司的医院？"吹田突然提高了声音。

两三分钟后，吹田放下话筒转过头对十津川说道："记者青木康二现在在门司的医院里。"

"医院？受伤了吗？不会是死了吧。"

"那就不清楚了。电话里说《时代周刊》杂志社突然接到门司 S 医院打来的电话，说是收留了青木康二先生。总编也不清楚是怎么回事，他说无论如何要去看看。"

真怪呀！十津川默默地思考着。周刊记者青木被收留在门司医院一事与多摩川漂浮的女尸有关系吗？他想了五分钟后说道："我去一趟门司。"

"您亲自去吗？"

面对吃惊的吹田十津川仅说了一句："因为现在我处的地位行动起来最方便。"

办事果断是十津川的特点。他打电话预约了日本航空公司 17 点去福冈的飞机票后立即离开了搜查总部。

5

福冈机场已在夜幕笼罩之中。十津川坐上出租汽车离开了机场，他一到博多站就跳上刚好进站的列车。到达门司站时，外面下起了小雨。

赶到医院时，《时代周刊》的宫下总编还没到。十津川让门卫看了看自己的警官证然后问起青木康二被收留一事。

门卫告诉他："是用救护车从门司站送来的。"

"是倒在门司站的站台上吗？"

"据说是倒在站台的候车室里。因为身上有酒精味，一开始以为是醉倒了，可是……"

"那么是怎么回事呢?"

"我不太清楚，好像是头部受伤。他住在二楼的六号房间，外科的铃木医生负责，详细情况请去问医生吧。"

十津川听他这么一说就上二楼了。

六号病房是双人房间，一张病床空着。一名年轻的男子头上包着绷带躺在靠窗户的一张病床上。

在房间里，铃木医生歪着头对十津川问道:"是警察吗?"

"我是从东京警视厅来的，叫十津川。现在能和本人讲话吗?"

"嗯，可以。头疼也轻多了。"

"伤势怎么样?"

"痊愈需要一个星期时间。"

"他身上有酒味儿?"

"好像有人在他身上倒了酒，本人一点儿都不知道。"

铃木医生说有事再叫他后，便走出病房。

躺在病床上的青木目不转睛地看着十津川，"东京的刑警先生有什么事啊?"

"有件事想请您协助，说话不要紧吧?"

"不要紧。可是，我在夜行列车中受害与东京有什么关系?"

"抽烟吗?"

"想抽。"

十津川取出七星牌烟给青木叼在嘴上，然后点燃了。

"您用这种名片吧。"

他把从东京带来的青木康二的名片放在青木眼前。

"嗯，不错，是我的名片，现在还在用它。"

第二章　溺尸（3月28日）

"到现在为止用了多少张？"

"是去年 10 月印的，大约发出去了一百来张。"

"都记得给谁了吗？"

"这太强人所难了！"

由于说话声音大，震动了脑后的伤，他皱皱眉头。

"采访时我不断地给人名片，如果对方是著名人物那还记得。"

"记得一位穿浅茶色大衣的年轻漂亮的女人吗？年纪二十二三岁，身高大约一米六。"

"那……是怎么回事儿？"

"今天上午 11 点左右，在东京与川崎交界的多摩川大桥附近发现了一具淹死的女尸，就是刚才提到的年龄二十二三岁、长得相当漂亮、身穿粉红色连衣裙、外套是一件浅茶色大衣的人。检查她的手提包时发现里面有你的名片。"

"粉红色连衣裙？外套浅茶色大衣？"

"有什么线索吗？"

"太奇怪了。"

"怪在哪里？"

"昨天傍晚我坐上了开往西鹿儿岛的蓝色列车'隼鸟号'。"

"这件事我已从你的上司那儿听说了。"

"我坐的是单间卧铺一号车厢。在这节车厢里有一位年轻漂亮的女人，穿着粉红色连衣裙，外套浅茶色大衣，说是去西鹿儿岛。"

"噢！"

十津川抱着胳膊望着窗外，银白色的细雨斜飘在阴暗的天空间，像是起风了。

"人很相像，她乘坐在西去的夜行列车上……"

"你给她名片了吗？"

"给了，我想问她点儿事。"

"那她的姓名和住址呢？"

"真是出乎意料，总感觉她是个忧郁的女人，几次和她聊天她都毫无反应。"

青木笑了，十津川把桌上的烟缸移到他的身边。

"那个女人途中没有突然下车吗？"

"就我所知是没有。不过，列车过三宫站之后我就不知道了。"

"你是说你睡着了。"

"不。因为在我的身上发生了一件非常奇怪的事情。"

"什么事？"

"我没有信心能让您相信，但我说的都是事实。"

青木快速地讲起列车离开三宫站之后，自己突然发困，手腕被人注射了安眠药，好像是不知在什么时候被人移上了晚一小时十五分东京站始发的"富士号"列车上。而且当自己想把这件事告诉乘务员的时候，又被人从背后击中了头部。

"我苏醒后却躺在门司站台上的候车室里。"

"真是怪事！"

十津川从椅子上站起来，在病房中慢慢走起来。去采访"隼鸟号"的记者被人用安眠药催了眠并移入另一趟夜行列车里，这的确是件奇怪的事情。他紧紧盯住青木的脸，看不出对方是在说谎或开玩笑。

"你估计是谁？为什么要这样干？"

"不清楚。但是……"

"但是什么？"

"我反复考虑，从我的照相机里取走胶卷的就是高田。如果这件事和我被移入'富士号'列车有关的话，那么罪犯就是同一个人。"

"调查一下吧。"

"调查什么?"

"调查有没有这个高田律师。"

"肯定是说谎，那是个形迹可疑的家伙。"

"胶卷上拍了八室的那个女人吗?"

"是的。"

"你说列车到三宫站以前她还在车上?"

"不敢说绝对，但我想是不会错的。因为列车到三宫站是夜里 12 点 36 分。可我反复琢磨，总觉得多摩川的死者是另外一个人。"

"可蓝色列车'隼鸟号'上的那个女人不也是穿粉红色的连衣裙，外套浅茶色大衣吗?"

"是的。"

"年纪二十二三岁，身高大约一米六?"

"对。"

"而且她又拿着你的名片。要说这是偶然的话，一致的地方太多了。出院后请你去看看尸体。除了你之外，还有人记得八室那个女人的面容吗?"

"刚才提到的叫高田的人应当记得，因为他说自己追求过她。"

"其他人呢?"

"我认为餐车上的服务员也见过她。不过，当时餐车上人很多，是否记得就不清楚了。"

"这样的话，就剩乘务员了。像你说的这样一个美人，乘务员也许会记得。"

"是啊。"

"你出院后回东京的话，请马上到蒲田署来一趟确认尸体。"

"警部先生。"

"什么事？"

"您认为两者是同一个人吗？"

"很有可能。今天我只能说这些。"

6

十津川出了医院，又乘国铁返回博多站，会见了博多列车段的负责人——值班副段长泽村。

"我想见一下负责 3 月 27 号下行'隼鸟号'单间卧铺车厢验票的乘务员。'隼鸟号'是哪个列车段的乘务员值班的？"

十津川一问，泽村微笑着说道："是我们负责。博多列车段的人乘上行'隼鸟号'去在东京住一宿，再乘下行'隼鸟号'回来。"

"是嘛。能不能告诉我是谁当的班？"

"是 3 月 27 日的三次车吧？"

"三次车？"

"我们把下行'隼鸟号'按列车编号称为三次车，把上行的称为四次车。"

"噢。"

"嗯，3 月 27 日的三次车从东京起值班的是……"泽村依次翻着值勤日志，"是井木、渡边、佐藤和山本四个人，负责一到三号车厢的是乘务员井木。"

"他现在在什么地方？"

"三次车当班的乘务员第二天在博多下车休息两天。"

"那么他现在正在休班？"

"是的。"

"有件事很急，一定要问问他。"

"往他家打个电话看看吧，他在家就好了。"

泽村说着拿起话筒拨了一个福冈市内的电话号码。拨通后他对十津川笑了笑说道："他在家呢。"

"东京警视厅的刑警先生有事想问问你。"

泽村说完后把话筒交给了十津川。

"是井木先生吗？"十津川又叮问了一句。

"是的。有什么事吗？"

井木的声音相当紧张。因为对方是警察，这种紧张也是理所当然的吧。

"昨天的下行'隼鸟号'是您当班吗？"

"是我，怎么了？"

"单间卧铺的一号车厢是您查的票吗？"

"是的。"

"您记不记得八室乘坐了一位穿浅茶色大衣，年纪二一二三岁的漂亮女人？"

十津川一问，井木就干脆地回答："记得。是去西鹿儿岛的乘客。正如您讲的，因为她很漂亮我才记得。"

"她是不是中途下了车没去西鹿儿岛？"

"我想没有。"

"为什么？"

"列车到小群站是早上 6 点 51 分，是我开始向乘客问早安的晨间广播时间。我去一号车厢拉开通道一侧窗户的窗帘时，八室的门微微开着，我无意中往里看了看，那位乘客正靠着窗户向外看呢。"

"是吗？"

十津川的心情很复杂，一方面听说列车上的女乘客平安无事有所放心，另一方面又感到失望。如果是同一个女人的话，案件的进展也许要快得多。

"您是在博多站下车的，以后是谁接您的班到西鹿儿岛呢？"

"是我们列车段的吉野。"

"办理交班了吧？"

"是啊。交代了有关乘客的事，还交代了单间卧铺车厢各房间乘客的到站。"

"八室的那个女人呢？"

"我告诉他：她到西鹿儿岛。吉野还年轻，他当时还问我有那么漂亮吗。"

"她如果在西鹿儿岛站下车，车票应该保存在那儿的车站吧？"

"是的。"对方回答得很肯定。

十津川挂上电话对看着他的泽村说道："我想再问问在西鹿儿岛的吉野先生，能联系上吗？"

"能。因为他要在明天 12 点 36 分的四次车上值班，所以我想他会在西鹿儿岛的公寓里。"

泽村迅速给西鹿儿岛车站挂电话叫出吉野，话筒里传出一个年轻人的声音。

吉野明快地回答了十津川的提问："那位乘客我记得很清楚，因为井木先生说单间卧铺的八室里坐了一位年轻漂亮的女人。"

"记得她的服装吗？"

"记得。粉红色的连衣裙和外套浅茶色大衣。在女人口她个子不算矮。"

"确实是在西鹿儿岛下车的吗？"

"是的，在站台上她还打听去港口怎么走，我告诉她公共汽车站的地址，目送她出了检票口，所以说肯定没错，车站上会保存着她的车票的。"

吉野的说法是很明确的解释。

"当时她的样子没有什么可疑的地方吗？"

"可疑？没有什么特别可疑的地方。总之，她的确很漂亮。"年轻的吉野发出无忧无虑的笑声，"如有可能真想再见她一面！"

十津川道谢后挂了电话，脸上露出困惑的表情。泽村沏上茶看着他问道："有什么不对吗？"

"没有什么特别……"

十津川面带笑容地伸手接过了茶水。对于他发干的嗓子，这茶可太及时了。

泽村又问道："下行'隼鸟号'的乘客怎么了？"

"还不清楚。"十津川慎重地回答道，"今天早上东京发现了一名淹死的女尸，有可能是乘昨天傍晚东京站始发的下行'隼鸟号'的乘客。"

"是那个到西鹿儿岛的乘客？"

"是的。"

"这事怪了。应当今天下午 2 点 42 分在西鹿儿岛下车的乘客却在今天早上在东京发现了她的尸体！"

"是的，同乘那次车的一家周刊杂志的记者也被人打了，扔在门司站的站台上了。"

"那个人的事情我知道了。听说是门司站的人发现他倒在站台上马上叫来了救护车。不过，还是第一次听说他是'隼鸟号'上的乘客。因为什么呢？"泽村吃惊地问十津川。

"当事人好像也不清楚，但我看他不像是胡说。"

"这件事和在东京发生的案件有什么关系吗？"

"他在列车上把自己的名片给了同乘那趟列车的那名女人，而今早在东京发现的女尸的手提包里装有他的名片。"

"原来如此。有可能记者给名片的那个女人和女尸是同一个人了？"

"是的，可是也有人证实那个女人在西鹿儿岛下车了。"

"嗯？"泽村喃喃地说道，"真叫人不明白。"

"我也一样。"十津川笑了。

7

深夜，博多的街道一片漆黑。已经过了 11 点了，十津川决定住在车站附近的旅馆里。进屋后他马上拨通搜查总部的电话，把这里的情况告诉了吹田见习警部。

"那么您怎么认为？您认为多摩川的死者就是下行'隼鸟号'上的乘客吗？"吹田的声音很紧张。

"老实说我也不知道。因为那趟车的乘务员说八室的女人在终点站西鹿儿岛下车了。"

"可以认为有人替换了她。"

"当然。不过，也可以考虑就是同一个人。"

"让青木记者来确认一下尸体不就搞清楚了吗？"

"我也这么想。"十津川说道。

的确需要让青木去确认尸体。但十津川也有顾虑，他真能看得一清二楚吗？青木确实说过，他在列车上见过那个女人，认为是个美人，也拍过照片。但他也说过，那个女人把自己关在房间里不怎么出来。况且人死后面容是要变的，淹死的人变化更大。仅仅一天的时间、而且只是在夜行列车中见过几面的女人，他能记得清楚吗？能确定与淹死的那个女人是同一个人吗？

十津川又让龟井刑警接电话："大臣名片的事怎么样了？"

"今天我到印制名片的文京区山田印刷所去了。山田和武田信太郎是远亲，由于这种关系，武田常在这里印名片和贺年卡等东西。"

"那么关于那张名片呢？"

"有一张两年前印制二百张武田信太郎名片的发票，问题是二百张之外是否有多印的。关于这个问题所长山田晋吉说，试印的那一些因怕被人乱用都烧掉了，这事已在两年前那个案子中对搜查二科的人讲过了。"

"可是情况又有了变化。"

"这我和他说了，但他的回答还是这样。"

"可实际印刷名片的不会是所长吧？"

"对。这个印刷所有五名职工，在印刷名片和贺年卡的工厂中算是中等厂家。这五个人中有一个在两年前那个案子发生后辞职了，他叫高梨一彦，年龄二十九岁。值得注意的是，他是突然辞职的。"

"知道他现在在什么地方吗？"

"去向不明，已经不住在他当初向所里报告的那个住址了。我已借来他的履历和照片，打算找一下他的亲属。"

"你去办吧。失踪的情况呢？"

"有过两件：在报纸上登出那个女人的消息后，有一对老夫妻怀疑是自己女儿；还有一位年轻的丈夫怀疑是自己失踪的妻子，但辨认尸体后都认为不是。"

"我明天就回去。"

放下电话，十津川躺倒在床上。这是一间细长的房间，很窄，两侧的墙壁压迫似的使人难以入睡，这样的单人卧室住一宿还要四千二百日元，真是无可奈何。他睡不着便把烟灰缸拉到枕边，俯卧在床上点着一支烟。这个案件牵连的事太多了。

两年前五亿日元诈骗案与多摩川淹死的尸体之间有什么关系？

下行"隼鸟号"上的女人与多摩川的死者是同一个人吗？

青木记者奇异的经历与本案有何联系？

疑问这么多却没有一个答案。但有一点是实际存在的，那就是多摩川上漂浮的一具年轻女人的溺尸，既然是被人杀害的就必须把凶手找到。

第三章
列车时刻表

1

第二天早上，十津川梳洗完毕下到休息厅后大吃一惊：本应住在门司医院的青木头上缠着绷带正在这里等着自己。

青木的面容还有些苍白，他见到十津川便说道："我给东京的警察署打了电话才知道您住在这里。"

"身体行吗?"

"可以。总编也来电话安慰了我。"

十津川在青木的旁边坐下问道："他是怎么讲的?"

"他说，如果东京多摩川发现的女尸是在蓝色列车上见过面的那个女人，正好是一份绝好的素材，让我马上回东京辨认尸体。"

"好吧，这样我也可以得到帮助。你的身体真的好了吗?"

"好了，马上走吧。"

青木手拿提包站了起来。他刚一站起来身体就一晃，十津川连忙扶住了他："这就是你们所谓的'记者精神'吧!"

"不。我是指望得到临时奖金。"青木苍白的脸上浮出笑容。

两人坐出租汽车来到机场，在那里买到了退票，然后乘坐10点30分的"全日空"班机飞向东京。由于气流不好，飞机颠簸得很厉害，但青木还是挺住了。

到达羽田机场后，十津川带着青木直接去大田区K大学的医院辨认尸体。

医院的地下停尸场里像往常一样充斥着潮湿的空气和消毒水的气味。十津川一直不适应这种强烈的气味。

解剖后的女尸已被缝合。工作人员为他们掀开了白布。十津川在一旁对青木说道："请仔细看看！"

青木凝视了五六分钟后，十津川问道："怎么样，是蓝色列车上的那个女人吗？"

"很相似。"青木说道。

"能断定是同一个人吗？"

"那个女人最大的特征是那双眼睛，大而漂亮。而这个人眼睛是闭着的……"

"相貌呢？"

"和那个女的一模一样。如果穿着粉红色连衣裙和外套浅茶色大衣的话，我认为就是她。"

"可是那趟列车到西鹿儿岛时，乘务员证明了穿粉红色连衣裙、外套浅茶色大衣的年轻漂亮女人下车了。"

"真的吗？"

"真的。"

"可是，这人就是我见过的那个女人啊！"

"你是否记得她脸上有什么细小的特征，比如黑痣什么的？"

第三章 列车时刻表

"细小的特征我不记得。如果那张照片在的话，我就能认出来。"青木惋惜地咂了咂舌头。

"你记得她拿的是什么样的手提包吗？"

"手提包？什么样的？我没见过她的手提包。"

"在餐车上也没见过？"

"是的。为什么要问手提包？"

"死者的手提包有明显的特征。我想：如果你在蓝色列车上见过那人的手提包的话，就可以作为是同一个人的证据。"

"是嘛。可我认为死者就是蓝色列车上的那个女人。"

"也许是吧。"十津川说道。

从地下停尸场上来，感到地面上即使被废气污染的空气也很新鲜。两人在医院门口准备分手的时候，青木慌忙问了一句："还有一个问题问问行吗？"

"什么问题？"

"我为什么没有被杀死呢？"

2

十津川回到搜查总部后对吹田说道："调查一下是否有一个叫高田的律师。如果有，再确认一下他是否在 3 月 27 日坐过下行的'隼鸟号'列车。"

然后，他来到上冈署长的房间进行汇报。

上冈听完十津川的汇报，点着头，肥胖的身体压得转椅"吱吱"作响，脸上的表情有些不快："结果还是没弄清多摩川的女尸和蓝色列车上的女人是不是同一个人？"

"是的。"

"你是怎么考虑的?"

"还不清楚。"

"这样的话就难办了。"

上冈转动着转椅又发出了"吱吱"的响声。

"对不起,在现阶段就下结论是不稳妥的。"

"可那个叫青木的记者不是说就是蓝色列车上的女人吗?"

"他也不能完全肯定。"

"你真是个固执的家伙。"上冈苦笑着说道。

十津川回到挂着搜查总部牌子的一楼的房间后又问吹田:"怎么样了?"

"东京共有三个叫高田的律师,其中两位现在都在自己的事务所里,据说 27 号均未坐过蓝色列车。"

"第三位呢?"

"他正在旅行中。据说,他告诉所里的人说他从 27 日起去旅行一周就离开了家。"

"从 27 日开始? 他多大年龄?"

"三十七岁。他的事务所在银座。"

"到那个事务所去把他的照片借来。"

"明白了。"

吹田带着年轻的伊东刑警飞快地走出房间。房间里只剩下十津川一个人,他把目光投向挂在房间一角的黑板上,那里依次写着这次案件中的问题:

1. 被害者人中的水是哪里的?

2. 名片意味着什么?

3. 同下行"隼鸟号"的女人的关系?

黑板上的字写得十分漂亮,大概是出自吹田之手。十津川抓起粉笔又添上了第四点:

4. 青木记者的离奇经历意味着什么?

"多难看的字!"

十津川看着自己写上去的字暗自苦笑。

他曾把自己写的字说成是别人的笔迹请教过一位自称能经笔迹推算人的性格和命运的"大师"。这位大师看过后开口便说:"此人有才华,但遗憾的是性情易变,不适合从事严谨的职业。"

十津川问性情易变怎么讲?这位大师回答:"写字出风格,人自然也就沉着稳重了。"

十津川看着黑板上自己写的字,认为目前算不上有风格。

"难道自己不适合从事严谨的职业吗?"他曾想过自己也许不适合当警官,这倒不是因为听了依笔迹推算性格的那位大师的话才这样想的,而是认为当警官过于伤感。这还是很久以前的事。可他又想:正因为自己不适合才要加倍努力。事到如今,他反倒没有了辞职的念头。

写在黑板上的四个疑点没有一个有答案,难怪署长焦急;事关运输大臣的名片更需尽早解决。

十津川正凝视着黑板时,龟井回来了。

"打听到那个辞职的印刷工人了吗?"

龟井面容疲倦地摇了摇头:"那个高梨一彦的双亲住在浦和,我同他们见了面。他们说不知道儿子的去向。而且高梨在他二十五岁离家后就没往家去过信。我看两位老人说的都是真话。"

51

"高梨一彦二十九岁了吧?"

"是的。"

"结婚了没有?"

"没有。"

"他是个什么样的人?"

"用印刷所的所长和他的同事的话说他工作认真,但寡言少语,不爱交际。也有的同事说他整天不知在想什么,觉得有点儿可怕。"

龟井拿出贴着二寸免冠照片的履历表递给十津川,"这是高梨一彦的履历表。"

"是本人写的吗?"

"是的。"

"这笔字和我的字非常像,这家伙大概也性情易变,不适合从事严谨的职业。"

"是吗?"

"他高中毕业后在许多地方干过活吧?"

"据说在山田印刷厂干了四年。"

"没有受过什么奖惩吗?"

"好像有前科,详细情况不清楚。"

"搜查二科的人两年前调查过这个人吗?"

"没有。因为当时最大的嫌疑是中井良久。"

"噢。"

十津川把目光移向贴在履历表上的照片。照片上的男人长脸细眼,看上去要比二十九岁年轻得多,大概是刚参加工作时照的。

"警部,您认为他和多摩川的死者有关系吗?"龟井

问道。

"不清楚。眼下净是些没头绪的事情啊！"

十津川走近黑板，又加了第五条。

5. 原山田印刷所职工高梨一彦与被害者有关吗？

他感到这五个疑点孤立存在，相互之间没有关联。能把它们像拼图那样准确地纳入到一幅画里吗？

3

十津川正在吃这顿时间很晚的午饭时吹田和伊东回来了。

"这就是高田律师的照片。"

吹田把三张照片摆在十津川面前。三张分别是穿双排扣西装、T恤衫和和服的三种姿势的照片，看上去有三十七八岁。他紧闭着薄薄的嘴唇，脸上充满了自信。

从附近的中国餐馆叫来的两份饭菜放在桌子上，十津川对两人说道："先吃饭吧。"

吹田取出筷子边吃边说道："这个人叫高田悠一，隶属东京律师协会。"

"他的银座事务所的吗？"

"是六层大楼里的一个房间。据说就他一个律师……"说到这儿，吹田被饭呛住，不住地咳嗽起来。

"慢慢说好了。"十津川笑了，"谁借给你们的这些照片？"

"是一位年轻的办事员。"

"他知道高田悠一的去向吗？"

"不知道。高田没把他的去向告诉办事员。"吹田又咳嗽一阵儿后，大口地喝着茶，"警部，下一步怎么干？"

"拿照片让青木看看。"十津川把照片放进衣袋，然后招呼龟井道，"一起去吧。"

"我正发愁高梨的行踪还没线索呢！"

两人出了搜查总部后直奔发行《时代周刊》的出版社。在电车神田站下车走上百米左右，便可以看到一栋三层楼房上的《时代周刊》的大牌子。

他们在一楼会客室里见到了青木。青木头上仍缠着绷带。他叼着烟点上火后说道："我现在正在写关于蓝色列车的报道。"

"杂志出版后我们一定拜读。"十津川微笑着把带来的三张照片放在青木面前，"蓝色列车上见过的那个叫高田的律师是这个人吗？"

青木把照片拿到手里，立刻大声叫起来："就是他呀！这家伙是个骗子吧？"

"不，是个真律师。"

"是真的……"

"感到意外吗？"

"是的。我认为准是个冒牌货。"

"为什么？"

"怎么说好呢，我总觉得他是个假的。因为他说过忘带名片，身为律师出门忘带名片，叫人难以想象。"

"你说过，这位律师好像很关心那个女人。"

"是的。他说自己向她表白，但碰了钉子。"

"其实不然吧？"

"嗯?"

"你的表情告诉我你不相信。"

"因为我在餐车上见到高田时那个女人的样子很可疑,我看她好像很害怕高田。"

"害怕?"

"所以我觉得他们在蓝色列车上不是初次见面,好像很早以前就认识。对高田你们准备怎么办?"

"我们打算找到他,让他去辨认尸体。如果他也证实是蓝色列车上的那个女人就可以断定两者是同一个人了。"

"现在他在哪儿?"

"他没告诉事务所就旅行去了。如果他坐了 3 月 27 日的下行'隼鸟号',那么现在不是在西鹿儿岛就是回东京了。我打一下电话。"

十津川借用放在会客室一角的电话,小声地对搜查总部的吹田说道:"你马上派人去高田悠一的事务所!"

"乘蓝色列车的律师真是高田悠一吗?"

"是他!如果他回事务所了,你就带他去医院辨认尸体。如果高田也说死者是蓝色列车上的女人的话,就可以断定了。"

"明白了,我马上派两个人去。"吹田回答道。

十津川挂上电话回到椅子上。他叼着烟看着青木:"该向你打听那段奇妙的经历了。"

"那是事实。我肯定是被人从'隼鸟号'上搬下来,然后被移上了晚一小时十五分钟的'富士号'。"

"我并不认为你是在说谎,因为你的头被打并被弄倒在门司车站的站台上是事实。"

"而且被人灌了威士忌，使人认为我是醉倒，就把我扔下了。"

大概是回想起当时的情况，青木的脸色十分难看，用手摸了摸包着绷带的头。

十津川掏出笔记本问道："为了弄清事实真相，我想记一下。'隼鸟号'到达三宫站时你醒着吗？"

"对，我是在列车离开三宫站后才睡着的。"

"你记得列车离开三宫站的时间吗？"

"列车是按时刻表走的，应该是 0 点 36 分到，停车一分钟。"

"后来当你清醒时你已经在'富士号'上了？"

"是的。"

"你发觉自己乘坐的不是'隼鸟号'而是'富士号'，是因为看了手表吧？"

"列车通过仓敷时我看了看手表，是 4 点 02 分，而'隼鸟号'到达系崎站的时间预定是 3 点 35 分。仓敷在系崎之前，而通过的时间却是 4 点 02 分，我觉得可疑也是很自然的吧。况且单间卧铺的乘客也都变了。考虑到这两点我才意识到自己是在什么时候被人从'隼鸟号'移到'富士号'上了。"

"你觉察后怎么办了？"

"为了慎重起见，我从通道上的乘客那儿证实了这趟车不是'隼鸟号'而是'富士号'。我正要去同乘务员讲的时候，却被人从背后打伤了。您做笔记干什么？"

"调查调查。如果确有其事，那么多摩川的死者和蓝色列车上的女人就很有可能是同一个人。如果没有什么问题的话，又何必把你换到'富士号'列车上呢?"

"这是事实,不需要调查啊!"青木生气地说道。

4

离开会客室,两人来到外面。十津川问龟井:"你怎么想的,龟井君?"

"我看他不像是在说谎。"

"我也有同感。如果是事实,那么究竟是谁,为什么要干这样的事呢?这一点又不清楚了。"

十津川在神田站买了一本列车时刻表,坐上电车后便认真地翻阅起来。幸好车内很空,他可以随便坐下来看时刻表。

"您在看下行'隼鸟号'的时间表吗?"坐在一旁的龟井看了一眼问道。

"是啊。"

"青木的话不可信吗?"

"不,我相信才格外注意。到三宫站的时间确实是夜里12点36分。"

"他是为了采访蓝色列车才乘坐'隼鸟号'的,我认为他肯定记得各站的到站时间。"

电车到了东京站,乘客蜂拥而上。两人站起来靠向车门。

"下一个停车站是系崎,是3点35分吗?"十津川自言自语着,突然眼睛一亮,"太可疑了!"

特快卧铺列车"富士号"和"隼鸟号"时刻表

富士号		隼鸟号
18：00 发	东　京	16：45 发
18：27	横　滨	17：11
	静　冈	19：13
22：49	名古屋	21：55
	岐　阜	22：02
	京　都	23：34
	大　阪	0：08
	三　宫	0：36
	姬　路	
	冈　山	
	仓　敷	
4：26	福　山	
	系　崎	3：35
	三　原	
5：57	广　岛	4：41
9：21	门　司	8：06
（经由日丰干线）		（经由鹿儿岛干线）
18：24 到	西鹿儿岛	14：42 到

"什么？"

"你仔细看看下行'隼鸟号'的时间表。"十津川把列车时刻表递给龟井。

龟井一只手抓住吊带，一只手拿着时刻表看着，"什么地

58

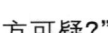

方可疑?”

"你记得青木是怎么讲的吧。他说列车离开三宫站后自己喝了威士忌睡着了，好像有人往他的威士忌里放了安眠药，而且还被人注射了安眠剂。再醒来时，他发觉自己被弄上了'富士号'。"

"是的。他说列车通过仓敷时手表指着 4 点 02 分，所以才觉察自己乘坐的不是'隼鸟号'而是晚一小时十五分的'富士号'。"

"对啊！可你仔细看看时刻表，那趟车一直到系崎站都不停车！"

"对啊！"龟井瞬间呆住了，但马上"啊"地叫出声来，"问题是青木在什么地方被弄下车的。"

"是啊。如果青木是被人弄下'隼鸟号'的话，只能认为是在三宫站后的下一个停车站——系崎，是凌晨 3 点 35 分。如果在这里把青木弄下车，然后移入晚一小时十五分的'富士号'的话就是凌晨 5 点了。首先，系崎站在仓敷站的前方，如果确实是看到列车通过仓敷站的话，那么就应当是在仓敷站之前使他坐上的'富士号'，因为'隼鸟号'在仓敷站不停。"

"对。"龟井肯定地说，但稍稍考虑之后又说道，"会不会是谁拉了紧急刹车制造了'隼鸟号'在三宫站在仓敷站之间的临时停车把青木弄下了车?"

"临时停车?"

"是的。也就是硬让列车在姬路站或冈山站临时停车，在列车到达仓敷站之前把青木弄下了车。"

"遗憾的是这不可能，龟井君。"

"为什么? 那天'隼鸟号'没在任何地方临时停车吗?"

"这一点还没查明。不过，你再看看'富士号'的时间表。'富士号'自名古屋站到福山站之间都不停车，当然姬路和冈山两站也不停了，即使有人拉了紧急刹车制造了'隼鸟号'在姬路或冈山站的临时停车把青木弄下了车，也坐不上'富士号'。除非'富士号'也临时停车了。可是，两列蓝色列车在同一天同一个站临时停车会成为新闻登报的，可任何报纸上都没刊登这条新闻。"

"那么是青木说谎了？"

"至少有一点可以肯定，他说的不可靠。"

"因而多摩川的死者就是蓝色列车的女人的可能性也就不存在了。"龟井说着，"青木说，列车到三宫站以前八室并没有异常，而'隼鸟号'在系崎站之前不停车，到达系崎站是3点35分。如果多摩川死者的推定死亡时间是凌晨2点到3点的话时间就不符了，因为凶手要把她在系崎站弄下车杀害的话肯定是3点35分以后。"

"我们现在到哪儿了？"

"啊？"

"我说的是这趟电车，是到新桥附近了吧？"

"下一站像是田町。"

"下车！"

"去哪儿？返回神田再去找青木吗？"

"我想在和他在见面之前到东京站去一趟。现在是4点09分，大概能赶上看到进站的下行'隼鸟号'。"

5

下午4点45分发的下行'隼鸟号'已经停靠在第十三号站台了。同往常一样，站台上到处是拿着照相机和录像机的少年，中间还掺杂着中年男人。

"爱好者可真不少啊！" 龟井笑了。

"你儿子也是个蓝色列车迷吧？"

"是的，不过还没发展到逃学去拍照的地步，这点倒使我放心。"

两个人说着向前面的单间卧铺车厢走去。一对好像是新婚夫妇的正在蓝色车厢前摄影留念，大概是到西鹿儿岛去的。列车长过来了，十津川向他打招呼："我们是警察，能让我们看一下单间卧铺车厢吗？"

"是坐蓝色列车去旅行吗？"

"很想坐一坐，过些日子吧。今天单间卧铺是满员吗？"

"托您的福，是的。"

"那么，不好进去看了？"

"不要紧，二室的乘客在名古屋下车了。"

说完列车长带头走进了一号车厢的通道。

"刚才我们看到一对年轻人好像是新婚夫妇，" 龟井边走边问列车长，"也有夫妇两人乘坐单间卧铺的吗？"

"经常有的。"

"可是单间卧铺的房间里在夜间不是不能住两个人吗？"

"原则上是这样。不过……" 列车长笑了，"时常能听到房间里有男女的说话声。"

"那时怎么办呢？"

"告诉他们注意点儿就算了。"

"当然了。" 龟井微微一笑。

十津川和龟井让列车长打开二室的门走了进去。十津川环视屋内想到，房间不大却是充分利用了。他问列车长："在什么地方洗脸？"

列车长打开窗边的桌子盖，下边是个洗脸盆。洗脸盆的上边有两个放冷热水的龙头。洗脸盆的大小，塞上塞子放满水足够洗脸用。

十津川扭动水龙头，水哗哗地流了出来。

"是它！"他回头看着龟井说道。

"什么？"

"水！死者肺里的水！"

"是在这儿按着她的头弄死的？"

"大概是。如果是在运行中的列车上杀死的，凶手在某个地方将尸体运下车，那么杀人的时间就应该是在 2 点到 3 点之间。"

"发生了什么案子？"列车长担心地问道。

"这里的水是自来水吗？"十津川反问列车长。

"在东京站上的水就是东京的自来水。"

"还有，您听说过 27 日的下午下行的'隼鸟号'和'富士号'在山阳干线上发生过临时停车吗？"

"没听说过。"

"谢谢您的帮助。"十津川忙催龟井下了车，然后对他说道，"我去会见青木，你马上回搜查总部。"

"把被害人肺里的水拿去做检验，和自来水进行比较。"

"是的。大学医院会给做的。"

6

医院的报告直到夜里很晚才送来。它证实了被害人肺里的水与自来水水质相同。这虽然符合了十津川的预料，但仍不能直接成为打开本案之谜的钥匙。从列车时刻表来看被害人不可能是蓝色列车上的女人，但这个结论只能是暂时的，现在看还存在着她们是同一个人的可能性。这能说案情有了进展吗？

伊东和另一名刑警在监视高田律师事务所，但尚无高田回来的报告；被害人来历不明；原山田印刷所职工高梨一彦的行踪也未搞清。

"要咖啡吗？"龟井招呼道。

"谢谢！"十津川揉了揉眼睛。

龟井给他沏上速溶咖啡又问道："青木怎么说？"

"很生气，脸色都变了。他坚持说自己是被人用安眠药弄睡后从'隼鸟号'移到'富士号'上的。"

"真倔强的家伙！要砂糖吗？"

"不放，加牛奶就可以了。"

十津川慢慢喝着咖啡驱赶睡意。屋外响起淅淅沥沥的雨声！好久不见的雨呀！从下午起天就阴沉沉的，迟迟不见落雨点儿。现在虽然关东地区下了雨，可久旱的东海地区恐怕还是没下雨。

十津川想象着雨中的凶手：是男的还是女的？是老的还是少的？虽然还搞不清楚但他脑海里却隐隐约约地浮现出一个模糊的黑影，时而是一个，时而又变成两个。现在罪犯在干什么呢？有一点可以肯定，正在又惊又喜地看着报纸和电视关于本案的报道，而且对尚未查明女人的身份而放心。但是他大概也会意识到，只要警察追究那个女人的身份迟早会查明的。凶手在这场雨中是考虑着如何逃跑，还是泰然地过着往常的生活呢？

十津川走到窗边，眺望窗外银光闪烁的雨丝，回想起曾经有过这样一个杀人犯。他是个二十来岁的年轻男子。因一点儿小事他同未婚妻发生口角，盛怒之下将未婚妻打死，然后用车把尸首运到附近山里埋了。事后他独自一个人在宿舍狭小的房间里，看着外面下个不停的雨，心里感到很厌烦就来自首了。

十津川的眼睛盯着雨问龟井："你认为此案的凶手是个什么样的人？"

"我想是一个跟那个女人认识的年轻男子。"

"为什么这么想？"

"手提包里的钱包没了，单这一件事看上去像是件盗窃案。但如果是流窜的盗窃犯，会把手提包都拿走的；而且奇怪的是价格昂贵的手表还留在那里。也没有强奸和强奸未遂的迹象。被害者是在另外的场所被溺死后运到多摩川的。流窜犯罪是决不会干这种麻烦事的。运走并扔掉尸体是罪犯为了掩盖犯罪现场，或是不想让它留在自己家附近的心理表现。所以，我想这是一个和死者认识的人干的。"

"这点我赞同。为什么说凶手是男的呢？"

"被害人很年轻，作为女性身高不算矮。我认为凶手多半是把她的头按在放满自来水的水坑或洗脸盆里弄死的，所以没有很大的力气是办不到的。"

"所以说是一个年轻的男子？"

"是的。"

"不过，现在是家庭主妇为了美容和健康练习举重的时代，女人的力气也大起来了。"

"您认为凶手是女性？"

"不，我不是这个意思。只不过此案中罪犯的形象在我的脑海里怎么也不能清楚地浮现出来。"

十津川依然面对着窗户。

雨停了，要是再下会儿就更好了。

十津川曾见过一具脸上和身上被刺十余处的年轻男子的尸

体，显示出凶手对此人的仇恨。遇到这种案子，他的脑海里会清楚地浮现出凶手的形象。而现在这个案子却不能。抓不住凶手的意向，自然凶手的形象也不能清楚地浮现出来。

突然，窗外的马路上一辆白色的救护车响着刺耳的笛声飞驰而过。

"我总放心不下'隼鸟号'的事情。"

"您指的是青木的证言吗？"

"是的。因为他的话如果是事实，那么被害者就是蓝色列车上的女人。"

"可是警部，被害者是蓝色列车上的女人的可能性不是很小了吗？况且，青木的话也有不近情理的地方。"

"当然，可我总是放心不下。"

如果青木所说的自己被人从下行"隼鸟号"上移到了"富士号"是胡说八道的话，那么他为什么要讲这些无聊的话呢？对前来调查杀人案的警察讲这些离奇的谎言对他有什么好处呢？反之，如果青木说的是事实，那么凶手干这件事的目的就不清楚了。是因为青木见过蓝色列车上的女人，所以想让他吃吃苦头？为什么不把他杀死呢？

十津川想：无论如何必须再听听青木怎么讲。

第四章
规定停车

1

第二天。青木上班后便请求总编宫下："请让我今晚再坐一次蓝色列车吧！"

宫下目光锐利地看着头上包着绷带的青木："写出报道来了吗？"

"就是为写报道我才觉得有必要再坐一次蓝色列车。"

"你是说不这样就写不出报道来？"

"是写不出好的报道。"

"这是什么意思？"

"报道必须为读者所喜爱，要有趣味吧？"

"这是理所当然的。"

"如果是写一篇普普通通的体验记，我马上就可以写，但我说不定卷进了一件杀人案件。"

"是你的头被打伤的事？"

"不是我的事，而是在多摩川发现的那具被淹死的女尸。她有可能就是我在蓝色列车上见过的那个女人。如果真是如此，就可以写出一篇很有趣的报道啊！不管怎么说，我在她被害之前同她说过话。"

"但是，有证据证明她们是同一个人吗？"

"我就是为了寻找证据才想再坐一次下行'隼鸟号'。"

"再坐一次就能发现证据吗？"

"一定要找给您看看！找到证据后，我要抢在警察的前面进行调查。"

"警察不相信你的话吗？"

"根本不信。他们说从物理学的角度上来说是不可能的。我想抢在那样的警察前头去干！"青木兴奋得脸色绯红。

宫下边笑边看着青木的表情："如果找不到证据，写不出有趣的报道，旅费可要自己拿啊！"

青木的眼睛一亮："那么是让我去了？"

宫下微微一笑："说不行，你也会随便请个假去吧？"

"是的。"青木扑哧笑了。

青木立即去神田车站买票。颇受好评的单间卧铺当日票已售完。他只得买了一张二等卧铺票。他同三天前的 3 月 27 日一样，下午 4 点到了东京站。虽然没有买到单间卧铺，但在其他方面他想使自己的行动都和那天一样。

"隼鸟号"蓝色的车体与那天一样，优雅地停靠在十三号站台上。仍然有些拿着照相机和录像机的少年在站台上跑来跑去。有的面容和那天的相同，大概是常客。青木也加入到他们的行列中，把照相机对准站台上的"隼鸟号"拍了照。之后他到单间卧铺的一号车厢去看了看，这里当然不会有那天的那个女人。

4 点 45 分，"隼鸟号"正点缓缓地离开了东京站。

青木在一号车厢的通道上站了一会儿，眺望着窗外飞逝而过的景色。通道上还有两个年轻人脸贴着窗户朝外看，其中一个端着八毫米摄影机，大概是准备碰到好景色就把镜头对准它。这使他想起了 3 月 27 日乘车时也有一位拿八毫米摄影机的年轻人。

列车过静冈站之后，青木像那天一样走进了餐车，在上次那张桌子旁坐下，要了啤酒和盒饭。他清楚这是无关紧要的，但他还是尽可能地按那天那样行动。可是，坐在他面前的不再是那位穿粉红色连衣裙的年轻女子，而是一对带孩子的年轻夫妇。吃完饭他也没有看到那位穿藏青色双排扣西装的律师走进餐车来。

然而，列车完全和那天一样正常地行驶着。岐阜——22点 03 分；京都——23 点 34 分；大阪——0 点 02 分。"隼鸟号"按照时刻表开车和停车。

列车到大阪站，那个"三人帮"又来了，依旧戴着棒球帽，拿着柯尼卡照相机。

0 点 36 分列车到达三宫站。青木回到自己的六号车厢下铺，他看了看手表。列车再往前走，按照时刻表是系崎站，3点 35 分到。其间有四十四个站，但"隼鸟号"均不停车。这样的话，他在 4 点 05 分乘坐在"富士号"的事就是不可能的。不仅如此，多摩川的死者是乘坐"隼鸟号"的那个女人的可能性也就不存在了。

上铺的中年男人已发出鼾声。要在往常，他那瓶威士忌早就空了，可今天却没有这种心情。他从铺上下来，走近车门点着一支烟。

那天的经历如果不是梦而是现实，"隼鸟号"在到系崎站之前必须在某站停车。青木靠着车门打开小本的时刻表。这本时刻表从昨天起他不知看了多少遍，但每次都是如此，从三宫站到系崎站之间不停车，其间的车站都印有表示通过的标记。青木坚信这趟车应该停车，如果不是这样的话，那奇妙的经历也就成了梦话。他把时刻表塞进大衣兜里，凝视着夜幕。

过了 1 点，列车经过姬路站没有停车。为了驱赶睡意，青木继续吸着烟。

2 点过去了，列车好像是催人入睡般地单调地行驶着，这样的行驶速度完全不像要停车。

"直到系崎站都不停车怎么办？"

青木思考着的时候列车的速度减慢了，并且看得出窗外夜幕中远方的亮光好像突然不动了。"是因红色信号停车？"他正这样想的时候，列车的速度变得更慢了，而且居然可以看到车站的灯光了。列车缓慢地靠近发白的站台，咣当一声，他所乘坐的下行"隼鸟号"停住了。

青木凝视着站台上写着的站名：冈山。他看了看手表，表针指着 2 点 25 分。

2

青木的眼睛炯炯有神，虽然时刻表上没写，可下行"隼鸟号"在冈山站停住了。车门不开，没有乘客上下。是因为发生了什么事而停车的吗？青木向车门边的乘务员问道："为什么停车？"

乘务员扫视着窗外的站台，"这是规定停车。"

"什么叫规定停车？"

"司机在这里交班，装卸货物，还要上水，因此才停车的，所以没有旅客上下车。"

"下行'隼鸟号'总是在冈山站停车吗？也就是说规定停车吗？"

"是的，2 点 25 分停。"

"可以让我在这里下车吗?"

"在这里下车?"

"是的。"

"这是规定停车，是不让上下旅客的。"

"我身体不舒服。"

"啊?"

"从刚才起我就恶心，帮个忙让我下去吧，也许在站台上吹吹风会好的。"青木故意弯下身子对乘务员说道。

"这可是半夜 2 点!"

"知道。我想呕吐，让我下车吧。"

"好吧，下了车跟站上的工作人员说一声，跟他要点儿药吧。"

乘务员亲切地说着打开车门，让青木下了车。

青木下到无人的站台上，几乎同时，司机的交接班和货物的装卸结束了，列车开动了。他目送列车的尾灯消失在夜幕之中，自言自语地说道："下行'隼鸟号'在冈山站停车!"

青木出了检票口，走进日夜开放的候车室等待天明。没有旅客的深夜，站内死一般的沉静。他发现一架黄色的电话机，忙从口袋里掏出一百日元的硬币投了进去，拨通了东京搜查总部，想把自己的发现告诉十津川警部。

十津川来接电话。青木问道："您知道我现在在什么地方吗?"

十津川说不知道。

"我在冈山站哪! 下行'隼鸟号'在冈山站停车了。我想，恐怕我就是在这里被人弄下车的。关于这件事，我打算从现在起进行调查。这样一来，多摩川的死者和蓝色列车上的女人是同一个人的可能性不是就大了吗？"

青木说了自己的想法后便挂断了电话。

放下话筒后，他又向站内环视了一下，只有一扇窗户开着，乍一看如同荒废的车站一般。

候车室里两个中年人正在鼾睡，不知道他们是什么人。两个人是分开睡的，大概互不相识。他们打扮得很整齐，不像是流浪汉，是在等头班列车吧。青木知道了下行"隼鸟号"在这个车站停车，那股兴奋劲儿迟迟挥之不去，怎么也睡不着。他坐在椅子上点起烟，白色的烟雾在日光灯青白色的灯光里冉冉升起。

一支支烟变成了灰烬，厕所也上了多次。快4点时，"富士号"列车在站台上停车了。他看了看手表，是3点41分。"富士号"和"隼鸟号"一样，也是在这个冈山站上规定停车。

天终于开始发亮了。随着一阵儿脚步声，一群职员走进站内。新干线的上行"回声号"列车在本站始发，他们大概是来乘坐这趟列车的。

检票口开始检票，各窗口也依次被打开，沉睡的车站醒来，开始工作。睡在候车室的那两个男人不知什么时候走了。旅客逐渐增多，清晨的客流高峰开始了。

青木见到站长，把名片交给他，请他给予协助。小个子的戴着高度近视眼镜的站长明确地表示出对青木的话很感兴趣，他马上叫来28日凌晨装卸"隼鸟号"货物的叫小田的年轻车站工作人员。

小田二十五六岁，膀大腰圆。青木问他："28日早2点25分，下行'隼鸟号'在这里规定停车了吗？"

"是的，一直如此。"小田发出与他身材极不相称的稍带女人腔的声音。

"当时有旅客下过车，你记得吗？"

"嗯……"小田稍稍回想了一下，"这么一说，我倒是看见过两个人下车了。"

"是从单间卧铺的一号车厢下来的吗？"

"不，大约是从列车中部，我想是从六号车厢下来的吧。"

"那两个人是什么样子？"

"我在行李车上干活，因为从远处看看不出他们的长相。只看出是两个男人，像是一个人搀扶着另一个人。一个人像是喝醉了，一点儿劲都没有，弄下车坐在站台的长椅上就没动。"

"两个人的服装呢？"

"都穿着大衣，跟您现在穿的差不多，被扶的那个人还戴着帽子。"

"帽子？"

"是帽檐很大的帽子。怎么说呢，也就是说他戴着帽子遮住了脸。"

"另一个人也戴帽子吗？"

"不。他戴着太阳镜。"

"东西呢？"

"那个人拿着手提包和挎包，被扶的人没拿东西。"

"还记得两个人在站台的长椅上坐下后干什么了吗？"

"我卸完货必须把东西运出站台，所以不知道他们以后干了些什么。不过我记得列车发车时他们两人确实是在长椅上休息。怪可怜的，把他们两个人撒下了。多半是酒喝多了，另一

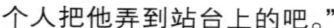

个人把他弄到站台上的吧。"

"那个行动方便的人的样子您还记得吗?"

"从远处看不清楚,但体格好像很健壮。"

"下行'富士号'也在这里规定停车吗?"

"是的。司机、副司机交班和装卸货物,还要上水。"站长回答道。

"小田先生,'富士号'停车时您也装卸货物了吗?"

"是的,这是我的工作嘛。"

小田耸了耸肩膀,不知是表示不喜欢这项工作,还是表示为难。

"当时那两个人还在站台上吗?"

"啊,停车时间短工作又忙,记不住他们在不在。也许在吧。"

"行李车是挂在电力机车的后边吗?"

"机车的后面是电源车,电源车的后半部分才是行李车。"

"那您是在站台的最前面干活了?"

"是这样的。"

"在这种情况下,两个人如果从后面车厢上车也有可能察觉不到吧?"

"有可能。站台很长,列车编组是旅客车厢十二节,再加上机车和行李车一共有十五节。我在装卸货物,其他车厢和站台后头的情况我就不清楚了。这也是理所当然的吧!"

小田的声音里带出了一点儿不高兴。

青木对这个回答却很满意。没错,自己被人弄下了"富士号"。列车通过仓敷站时是 4 点 02 分,如果"富士号"到冈山站是 3 点 41 分的话那就完全符合了。他认为他目前也搞清楚了为什么把他从"隼鸟号"上弄下来移入晚一小时十五分的"富士号"的理由。自己为采访蓝色列车乘坐了3月27日的下行"隼鸟号",碰巧遇到了一号车厢里的那个女人,给她照了相还谈话了。为了杀害那个女人而乘坐"隼鸟号"列车的凶手把他当成负担,因此在他带的威士忌瓶里投放了安眠药,等他睡着后在冈山站把他弄下了车。

青木琢磨凶手至少应当是两个人,一个是扶着他在冈山站下车的男人,另一个则是穿着同那个女人一模一样服装待在八室里的人——目的是为了证实在西鹿儿岛的终点站那个女人下车了。

男人再把在冈山弄下车的青木移入下行的"富士号"列车上,而且安置在与"隼鸟号"相同的七室里。他为什么要这么"麻烦",其理由青木也有点儿明白了。

把睡着的青木扔在冈山站上,如同把他扔在山里一样,会被人怀疑"隼鸟号"发生了什么问题。只有一种方法可使青木认为什么事情也没有发生,那就是让他平安到达终点站西鹿儿岛,而且自认为是乘坐"隼鸟号"到达的。但是不能让他乘坐真正的"隼鸟号",因为要在那里杀害那个女人,所以就让他坐上了"富士号"的单间卧铺。

为什么让他乘坐"富士号"呢?有两个理由。其一,是"隼鸟号"和"富士号"的列车编组完全相同。机车——行李车——单间一等卧铺车——二等卧铺车(六节)——餐车——二等卧铺车(五节),这是"隼鸟号"的列车编组,"富士号"的编组完全相同。其二,是"隼鸟号"和"富士号"的目的地都是西鹿儿岛。从东京开往九州方面的蓝色列车还有四列。可是"樱号"和"瑞穗号"列车没有单间卧铺;"晨风一号"和"晨风二号"列车虽有单间卧铺但只到博多站。一切都相同的只有"隼鸟号"和"富士号"列车。"隼鸟"、"富士"这样的称号只写在车头，从列车侧面和车尾上看就搞不清是坐的哪趟车了。进入九州后，"隼鸟号"走的是鹿儿岛干线，"富士号"走的是日本干线，可终点站同是西鹿儿岛。酣睡在列车上的乘客一到终点站就急急忙忙下车，岂能马上分清自己乘坐的是"隼鸟号"还是"富士号"列车。更何况是醉了的人呢？即使时间过了，人们也会随意地解释为自己在熟睡期间列车发生了什么事而误点的吧。

罪犯肯定是基于这种想法。青木认为，罪犯原打算让他坐上"富士号"后使用安眠药使他到终点站西鹿儿岛也醒不了。然而，由于计算失误他醒来了。如果他一直躺在卧铺上而不到通道上来的话，也许到了终点也不会发觉，因为先入为主的观念是不易消除的。天亮后虽然车内开始有广播，但乘客们并不注意它，特别是到终点的旅客更没有听的必要。他是走到通道上，看到八室出来的中年女人，又看到列车通过仓敷站时已过早晨4点才产生怀疑，发觉自己不知什么时候被人弄上了"富士号"列车。

罪犯发觉自己的计划失败了，害怕青木同别人说跑在前面的"隼鸟号"列车上发生了重要情况，于是他就把青木打昏了。既然把青木打昏了，也就没有把他带到西鹿儿岛的必要了，所以在门司站把他放了下来。门司站是九州的门户，上下车的旅客很多，罪犯肯定是认为在这儿不会使人怀疑，把青木放下来是一件很容易的事。

"罪犯究竟是谁呢？"

青木琢磨着。是自称高田的律师吗？或者是别的人？总之，罪犯从一开始就在"隼鸟号"上这一点是确定的。

"青木先生！"

青木听到站长的招呼从思考中醒悟过来。站长和小田奇怪地盯着青木，"您怎么了？"

站长注视着青木的脸，青木摇着头说道："没什么！很值得我参考。这样我可以写出一篇有趣的报道了。"

3

当天下午，负责监视银座高田律师事务所的吹田见习警部给搜查总部打来了电话。

"高田律师出现了，从他拿着手提包的情况来看好像是没回家直接到这儿来的。"

吹田的声音很紧张。

"一个人吗？"

"一个人。怎么办？"

"先同他一起到医院辨认尸体，然后到这里来。明白了吗？要有点儿礼貌，好好地对他讲，因为一来他是有名望的律师，二来他还不是嫌疑犯。"十津川回答道。

两小时后高田从医院来到搜查总部，十津川站起来迎接他。青木说高田穿的是藏青色双排扣西服，但他现在是一身轻便装，一件薄毛衣和一套普通的西装，大有精明强干的少壮派律师之感。

这对手好像够厉害的啊！十津川边估量边请对方坐下："怎么样，是在蓝色列车上见过的女人吗？"

"非常相似。"

高田这么说了后便取出了烟。十津川两眼直盯着高田的面孔问道："您是说非常相似，但不是？"

高田点着烟，像要岔开十津川的问话似的从嘴里吐出青

76

烟来。

"怎么，您认为是另外一个人?"十津川再次发问。

高田微微一笑："我只注重事实。"

"能不能说得具体些?"

"我在 3 月 27 日乘坐了下行'隼鸟号'，并且遇见一位女性。因为她是个很有魅力的女人，所以给我留下了深刻的印象，就连她的服装我也记得非常清楚。西鹿儿岛是'隼鸟号'列车的终点站，我在那儿下车。下车时我看见了她，这是事实。所以刚才见到的尸体虽然长得很相似，但不能不认为是另外一个人。"

"您记得一位叫青木的周刊记者吗?"

"青木? 啊，记得。他给了我名片……"

"听说是您把他忘在餐车上的照相机送到餐车出纳员那儿的。青木对照相机能找回来很高兴，但他对有人不知在什么时候取走了他装在相机里的胶卷一事却很气愤。"

"难道说是我取走胶卷的?"高田风趣地一笑。

"青木记者怀疑是您。"

"那就不好办了。我没有理由非干这种事不可。"

"据他说，因为他拍了那个女人所以才被人取走的。"

"是说我因为嫉妒才干了这种事?"高田又风趣地笑了笑。

"他没这么说。青木记者看了尸体后，证明是蓝色列车上的那个女人。"

"那当然了。"

"为什么呢?"

"因为非常相似，他这样认为也不是没道理的。可是，这位记者不知什么时候下车了，也许是中途下的车。列车到西鹿儿岛后，我等在检票口那儿想和他再聊聊，可他一直没出现。如果他到了西鹿儿岛看到那个女人下车的话，他不就知道虽然很相似，却是另一个人了吗?"

"青木记者被人灌了安眠药，在冈山站被弄下了'隼鸟号'列车。"

"噢?"

"在这之后，他又被人移入晚一小时十五分的'富士号'列车上，并在门司站被人弄下车扔在站台上。"

"这是编造的吧?"

"不，是事实。"

"可是警察先生，是谁，为了什么才干这种蠢事呢? 把一位记者移入另一趟列车上是出于不得已吧?"

"理由我们也不清楚。总之，青木记者的奇妙遭遇却是事实，他到冈山站证实去了。"

"请稍等一下。"

"什么事?"

"蓝色列车在冈山站不是不停车吗? 我记得是这样。"

"我们看时刻表也是这么想的。实际上青木记者证实了在那儿停车，叫作规定停车，是为了司机交班和装卸货物而停车的。"

"是吗? 这是个新发现，我倒没注意。"

"'隼鸟号'在那儿停车是半夜 2 点 25 分，您大概正睡着呢。"

"也许如此。"

"您是利用休假去西鹿儿岛吗?"

"偶尔想悠闲地享受独自旅行的乐趣，我一个人到南九州去转了转，直到昨天才回来。"

第四章　规定停车

"还记得住过的饭店或旅馆吗？"

"难道怀疑上我了？"

高田笑着问，然而十津川却没有笑："我们认为多摩川发现的死者就是蓝色列车上的女人。"

"我不相信。有证据吗？"

"证据是有的。"

"什么样的证据？能让我听听吗？我想，既然被当成嫌疑犯，我当然有权知道。"

高田的笑容消失了，变成了一副挑战的面孔。

十津川一边琢磨着哪一种面孔才是他真正的面目，一边说道："被害者手提包里装有青木记者的名片，青木证明这是他在'隼鸟号'列车上送给八室的那个女人的。"

"可他不光把名片送给了她一个人，连我也得到过啊。所以，仅凭这一点不能断定是同一个人。如果是打官司，这个证据的作用和没有差不多。"

高田的两眼又露出了挑战的目光。

为什么这位律师竟然采取如此的态度呢？

"当然，您说的也有一定的道理。"十津川顺从地肯定道，"您就不能告诉我们您在九州住的旅馆吗？"

"您真固执。"

高田把肩膀耸了耸，吃吃地笑了。

"您住在了什么地方？"

"我认为没有必要说。"

"为什么？"

"没证据能证明多摩川的死者就是乘坐'隼鸟号'单间卧铺的那个女人，我认为这张名片不能作为证据。进一步说，没有一件证据能说明我同杀人案有关。既然如此，非要我证明不在犯罪现场是不可思议的。还有一点，单间卧铺里包括我在内有十四名旅客，算上二等卧铺车厢里的旅客有四五百名，没有理由只对我一个人的行动进行调查。难道我同其他人不一样吗？果真如此就请逮捕我！"

"不，您可以回去了。"

4

高田大摇大摆地刚一离开，年轻的吹田见习警部便压不住心头的怒火开了腔："真是一派胡言乱语！"

其他刑警的脸上也露出不愉快的表情。

十津川朝着这些刑警们微微一笑，风趣地说道："别发火啊，高田律师发表了正确的言论嘛。"

"那您认为事情就是他说的那样了？"吹田看着十津川极力反驳道。

"不得不承认吧。现在正如高田所说的，没有任何证据能证明被害者就是蓝色列车上的那个女人。"

"但是周围的情况不是表明了是同一个人吗？"

"这也同高田所说的一样，不能成为判定是同一个人的证据。"

"那么警部是赞同这位骗子律师的意见了？"吹田瞪大了眼睛说道。

"啊，请镇静。"十津川说道，"我只是说高田说的在理论上是正确的。不过高田越是认真地对我们的话进行反驳，反而越使我对自己的推理充满信心。对我来说，就好像听到他在认真地说：多摩川的死者就是蓝色列车上的那个女人。"

"真的吗？"

第四章　规定停车

“我认为，高田如果赞同我们的意见倒会使我感到迷茫。如果他说或许就是同一个人，我反而会认为可能是另外一个人。想想看，作为常人来说，如果听说同乘一次列车的一个女人淹死在多摩川里，应当很感兴趣。如果这个事情是真实的他会觉得更有意思，这是人之常情。但高田自始至终都咬定是另外一个人。从道理上讲他是正确的，但从人情方面来看则很不正常。”十津川说得十分自信。

“警部要是这样认为那我们就放心了。”

吹田的脸上显出轻松的样子。

“你们认为我是受了高田的摆布了吗？”

“因为您同意了对方的话，所以我们感到不安。”

“我嘴上同意，内心却在琢磨高田是否是凶手。这是因为正像我刚才所说的那样，他的话在理论上站得住，却不合乎人情。所以，听了高田的话更加深了我的看法。”

十津川说完这番话，再次环视了一下部下们：“恐怕高田知道被害者是谁。当然，正面去问，他是不会告诉我们的。”

“这么说他就是罪犯？”吹田问道。

“还不清楚，但我认为他肯定参与了本案，从青木照相机里取走胶卷的大概也是高田，目的是要毁掉被害者与蓝色列车上的女人是同一个人的证据，使我们认为两者不是同一个人。这不就是高田清楚被害者是谁的证据吗？”

“您认为调查高田的朋友关系其中会有多摩川的死者吗？”

“也许有，因为他有可能插手了这个案件。总之，我希望对这位律师的所有情况进行调查。这样，被害人的身份肯定会

81

暴露出来。"十津川信心百倍地说道。

吹田一马当先，刑警们也跟着跑出了搜查总部。十津川问最后留下的龟井："关于武田大臣名片的事怎么样了？搞清什么情况了吗？"

"那位叫高梨一彦的印刷工人仍不明去向。"龟井答道。

"这个人不明去向有一年半了吧？"

"是在五亿日元诈骗案发生之后，已有一年零七个月了。"

"时间很长了。"

"也许此人已经死了。印刷所附近有个咖啡馆，里面有个年轻的女招待曾同他相好，可她都与他没联系了。"

"是死了还是去国外了？"

"如果高梨出于某种目的多拿了武田信太郎的名片而滥用的话，有没有可能被他的同伙干掉？"

"可以这样考虑。正如你所说，假定高梨这位印刷工人盗出武田的名片打算和他的同伙进行诈骗，那么，多摩川的死者为什么会持有那引人注目的名片呢？"

"已查过高梨所交往的人，没有像被害人那样的女人。"

"从印刷工人方面查不出被害人的身份吗？"

十津川并不感到特别失望，因为他对通过调查高田律师周围的情况来查清被害人身份抱有很大的希望。

"明后天武田大臣就回国了。"

"是啊，三月份也快结束了。"

十津川早就有心结束这个案子，但被害人的身份至今尚未查清也就没有逮捕罪犯的自信。

"您要会见大臣吗？"龟井问道。

"怎么了？"十津川反问道，"为什么我必须去见他呢？政治家可不好对付呀！"

"我想知道他本人对那起诈骗案有什么感想。"

"无可奉告！"

"啊？"

"我翻了翻当时的报纸，刊登武田信太郎的谈话就是这么一句话：无可奉告。"

"真是冷淡的话啊！"

"对。政治家的发言就是如此，特别是当时舆论界正在大规模地抨击银行和大公司的政治捐款，随便乱说会被人抓住把柄的。"

十津川对此并不太感兴趣，不论武田对诈骗案的看法如何，恐怕不会与这起杀人案有关。

"这件事也许同本案无关，但……"龟井像是回忆起来什么似的说道。

"什么？"

"我了解到高梨曾有前科。"

"他干了什么事？"

"是伤害罪，判刑三个月。是在到山田印刷所工作的前一年。"

"山田印刷所知道这件事吗？"

"好像知道。因为山田所长挂有教育保护司的头衔，所以就很简单地决定录用他了。要是高梨是诈骗犯之一，可谓'养了一辈子鹰反被鹰啄了眼'啊！"

"反被鹰啄了眼？"龟井巧妙地引用了这句谚语使十津川扑哧笑出了声。

5

青木坐新干线从冈山回到了东京。

他在冈山站下车有一大收获：证明了自己以前所想的是事实。至少他本人认为是如此，即有人让自己喝了安眠药，甚至打了针使自己昏睡；然后在冈山站把他从"隼鸟号"上弄下来移入晚一个多小时的"富士号"上。

卷进杀人案的蓝色列车之行

用这个题目可以写一篇很有意思的报道。

冈山站站长和装卸工小田的谈话都录进了磁带，剩下来要做的是再听听下行"富士号"乘务员的谈话，对方肯定会记得他那次吵闹的事情，这种事是不容易忘记的。他想：如果能取得单间卧铺车厢乘客的谈话就更好了。但这一点却难以做到，因为坐火车和住旅馆的不同，乘客的住址是没有记录的。

蓝色列车值班的乘务员每天轮换。他了解到27日在东京始发的下行"富士号"上值班的是东京列车段的四名乘务员。于是他一到东京站立即走访了位于丸内北口的东京列车段，这是一座红砖砌成的二层楼。

"我想见一见3月27日在下行'富士号'值班的乘务员。"青木请求副段长加藤。

"是3月27日下行'富士号'吗？"加藤反问了一句，然后取出值勤日志开始查找，"您说的是一号车厢的乘务员吗？"

"是的。负责单间卧铺车厢的。"

"他叫北原。"

"我想见见他，问点儿事情。"

"什么事情?"

加藤眯起眼睛，不知什么原因他的表情变得严厉起来。

"事情是这样的，我乘坐 3 月 27 日下行'富士号'时受到一号车厢乘务员的特别照顾特来致谢。"

"是吗?"

加藤的态度又变得温和了。这种表情变化使青木迷惑不解。

"发生了什么事吗?"

"不，没什么。"

"那么让我见见北原先生行吗?"

"乘务员关心每一位旅客是理所当然的，我将转告他您曾来过，啊……"

"我叫青木。"青木把印有社名的名片交给了对方。

"是周刊杂志社?"

加藤的脸上又露出警惕的神色。这到底是为了什么?

"北原先生在什么地方? 还在'富士号'上值班吗?"

"不。"

"那么休假了?"

"这也要写入杂志里吗?"

"是打算写写我受他亲切照顾的事情，不可以吗?"

"不，没关系。可是，请您答应不写涉及北原君私生活的事情。"

"不知您指的是什么事情。不过，我们向来不去报道私生活来伤害别人。北原先生出了什么事?"

"反正您也会知道的。实话说吧，他昨天夜里死了。"

"死了！是真的吗？"

"他正在休假，深夜喝醉酒，在返回东京途中掉进河里淹死了。"

"掉进河里？"

"对。他住在向岛，喝醉了酒顺着隅田川的堤坝走。警察说是失足落水。今早发现尸体挂在停泊在附近的船上。他是个好人，真可惜。"

青木听完瞠目结舌，当初那股找到了证人的兴奋劲儿一下子烟消云散。但同时他对乘务员北原之死却又产生了怀疑。

"这么说是意外死亡？"

"是的。他爱喝酒，喝醉了走在河堤上干出了这种危险的事来。"

"会不会是被人害的？"

"无稽之谈！"

加藤愤然地看着青木，这种敏感可能是由于同事惨遭不幸的缘故吧。

"对不起。"

青木低头认错。作为一名记者，他不能对乘务员北原之死只说个"是嘛"而不管。于是，他会不会是被人杀害的疑问自然而然涌上心头，怎么也抑制不住。也许，自己真的卷进了杀人案。

"您能告诉我北原先生的住址吗？"

"为什么？是为了寻找你们周刊的创作素材？"

"哪能呢！"

"现在国铁职员被人看作是眼中钉，说我们只会搞罢工，服务态度也不好，简直成了大众批判的目标。这次你们肯定也要写：乘务员喝醉酒掉进河里是精神不振的表现，或者说难道要把旅客的性命托付给这样的乘务员吗……"

"我不干这种事。我多蒙北原先生照顾，只是想如有可能给他烧支香。实际上我在'富士号'上发生了点儿状况，得到过北原先生的帮助。"

青木把自己的经历告诉了加藤。

"这一点北原先生没写在日志上吗？"

"没有。在下行'富士号'乘务日志上什么也没写。您说的问题也许是不需要记下来的。"

说不定确实如此。当时青木大吵大闹，但别的旅客和乘务员只是露出目瞪口呆的表情。再者，当他发觉车次不对要去告诉乘务员时又被人打昏了。因此，乘务员也许一无所知。

"也许是的。"

"那么，不记在日志上也是正常的了？"

"在日志上能查出那次列车单间卧铺车厢七室的情况吗？"

"您指什么？"

"我是说那个房间的车票是卖出了呢还是空着？"

"这一点很重要吗？"

"我认为很重要。"

"单间卧铺应当是满员。不过，那趟车的情况不清楚。"

"到哪儿去能查清楚呢？"

"好吧，我给您问问车票预票中心。"

加藤用内部电话问了一会儿，他放下话筒后走回来说道："七室的票在五天前就卖出去了，是从东京到西鹿儿岛的。"

"知道买票的人吗?"

青木的提问使加藤笑了,"要是售票时挨个问人家的姓名和住址,售票口就会人山人海。即使是您也不是自报了姓名后才买的票吧?"

"是啊!"

青木也苦笑了一下。买七室票的人究竟怎么样了?自己被移进"富士号"七室期间,真正拿着七室车票的旅客在哪里呢?

"您刚才提的问题迟早是要见报的。所以,我还是告诉你吧:北原君的家在墨田区向岛二丁目。"最后,加藤对青木说道。

第五章
不在现场证明

1

4月1日，十津川的手头已经陆续收集到了不少有关高田律师的材料。高田出生于广岛市。十津川打电话给广岛县警察署他的中小学时代的朋友打听了高田的情况。当然，十津川也向他在律师界的朋友和大学以及他当司法见习生时代的朋友查问过。这样，一位高田律师的形象就在他的脑海中形成了。

高田悠一，三十七岁。出生于广岛市，是中心街的一家点心铺店老板的儿子。他出生时高田点心铺有职员十四人，作为制作日本点心的铺子规模不算小了。但当年日本对外侵略战争的灾难使这家铺子化为灰烬。战后点心铺又在原来的地方重新开张。据他讲，因为自己是独生子，所以在少年时娇生惯养。当时粮食供应紧张，但因为家里是开点心铺的，糖可以得到特殊定量供应，所以他吃甜东西也就比较容易。正因为如此，他不是个身体孱弱的少年。他聪明、要强，自我表现欲相当强。

中学二年级时双亲相继去世，铺子也破产了，高田被住在东京的叔父收养，上了东京高中。高中时，他爱上了同班的一位女生。他同年级的一位男同学——现在在银行工作——断言，"我认为那一次是真正的恋爱，他是真心地爱她。"但是这位女生在一次交通事故中死亡，使这次恋爱告终。

他在东京 N 大学法学系学习。大学三年级时，他第二次经历了极其痛苦的失恋。也许是由于这个原因，他进了无政府主义者的圈子，言行过激。以他为首的这个集团引起了警方的注意。如果他一直这样下去也许会因恐怖行为而被关进监狱。现在这个集团里的几个人就因有过激的恐怖活动而被逮捕了。但是，高田却在某个时期突然转变。他与过激集团一刀两断，从此勤奋学习功课。在大学四年级时，他顺利地通过了司法考试。据说这种幡然悔悟是大学的老师做了工作的结果。

在这之后，他在几家有名的律师事务所里工作了几年，三十四岁时单独成立了事务所。也就在这一年，由前辈介绍他和一位比他小五岁的女人结了婚。后来两人由于性格不合而离婚了，那是在他三十五岁的时候。

作为刑事辩护律师的高田，人们对他的评价有两种。一种认为他虽然年轻但法庭辩护的水平很高；另一种则认为他的权力欲极强，爱哗众取宠，而且不受理没收入的案子。

十津川看着自己的记录，问吹田道："高田不受理没收入的案子是真的吗？"

"有这种传说。其实，有些案件没有钱他也受理了。"吹田一边看着自己的笔记本上的记录一边回答。

"那么，这个印象是错误的了？"

"不见得。"

"怎么讲？"

"据说在检察官出身的律师中有'权力志向型'的人在一开始就步入律师界的人里多数是'反权力型'的。其中高田是罕见的'权力志向型'的男人，周围的人也说他极其爱钱和权力。"

"这个人喜欢旅游吗?"

"应该喜欢吧，一年要旅游四五次，也曾几次去国外旅游。"

"同女人的关系呢? 现在有没有情人?"

"好像没有特定的。"

"一个三十七岁的健康男人能……"

"据说他经常出入银座的酒吧，很受欢迎。他每月有近百万日元的收入，又是个美男子。不管怎么说，他是个律师嘛。"

"他喜欢在酒吧里喝酒?"

"关于这一点他的同行有两种看法。"

"有什么看法?"

"一种说法是他喜欢那里的气氛；另一种说法是因为银座的酒吧和夜总会常有名人光顾，他是为拉关系才去的。高田确实经常在财政界人士聚集的 K 夜总会露面，他也曾对朋友讲过，他喜欢政治家。"

"他将来打算当政治家吧。"

"也许吧。"

"关键是要查清被害人的身份。从死者的穿戴都是进口的名牌产品来看，我总觉得她是高级酒吧或夜总会的人。也许是高田经常出入的银座酒吧或夜总会的女老板或是女招待当中的一个。"

"我也有同样的想法，也逐一进行过核对。但……"

"一无所获?"

"对，尚无收获。在高田出入的酒吧和夜总会里，没有发现最近突然失踪的女人。"

"是否是高田从前辩护过的人当中的一个呢?"十津川边

考虑边问道。

吹田忙取来记录对十津川说道："从他自己主持律师事务所以来，受其辩护的人总计三十二人，其中男的二十四人，女的八人。有高田自己单独进行辩护的，也有和别的律师共同承担的。这八个女人我们都进行了调查，没有被认为是被害人的，而且这八个人全都活着。"

吹田说得很快，并且流露出焦躁的情绪。在高田的周围迄今尚未找到像被害者的人，从而在这位年轻人身上因不能马上得到答案而呈现出焦躁也是不得已的。

十津川沉默不语，再次低头看着自己的记录。吹田拘束地问道："被害人是高田律师认识的人，这条线索靠得住吗？"

十津川笑了笑，看着年轻的见习警部问道："为什么靠不住呢？"

"我认为高田周围的人我们都调查过了。他住的是'前明大'的高层公寓，从它附近的咖啡馆、饭馆到他经常去的理发馆都调查过了。他有时自己开车，我们连他住处与事务所之间的加油站都去了。可就是查不出被害人来。"

"这么说再也没有可调查的了？"

"是的。被害人即使是蓝色列车上的那个女人，也不过是在车里偶然相识的吧。"

"这不可能！"十津川干脆地说道，"如果仅仅是这种关系，高田就不应当那么坚决地否认被害者是蓝色列车上的那个女人。"

"可是，为什么对高田周围的人都调查过了就是查不到被害人呢？"

"原因只有一个。"

"什么？"

"调查得还不够。"

"可是警部……"吹田伸过头来。

"我知道，你是说该调查的地方都调查过了。"

"正像我刚才汇报过的那样，凡属调查范围内的情况都调查了。只要是高田的情况，从他的脚的大小尺寸直到手相我都了解得一清二楚。照算卦人讲，高田的手相属于典型的野心家类型，其性格是好火中取栗，而且心态不好。我不知道还要调查些什么？"

"也许是的。但我认为有漏查的地方。咱们再重新研究一下吧！首先是高田的亲属关系。"

"连远亲都调查了，没有符合条件的。"

"没错吗？"

"没错。听说他的亲属中最近有位女的死了我们便去核实，结果是小学五年级的孩子。"

"再就是高田出入的店铺、酒吧、夜总会、饭馆，你说都查过了？"

"是的。"

"连最近辞职的女人也都调查过了吗？"

"凡是在最近一年辞职的人都调查过了，但其中没有被害人。"

"高田的朋友呢？"

"现在他的亲密朋友有十二三个人，有同行、政治家、财界人士等，但其中没有女的。"

"最后是高田辩护过的人。"

"刚才汇报过了，对他们也都进行了调查，但没有符合条件的。"

"仍有漏查的啊！"

"绝不会……"

"亲属！"

"高田没有亲属，三十多岁仍然独身。离婚的妻子已经再婚，她很健康。"

"不是高田的亲属，而是高田朋友的亲属，还有他辩护过的人的亲属。调查了这些人之后，如果仍然发现不了被害人，我才承认我的看法是错误的。"

2

在搜查总部的黑板上并排书写着三十二个人的姓名是至今为止高田所辩护过的人的名字，有八个女的。经调查确认其中没有被害者。剩下的是他们的亲属了。如果对这些人的亲属进行调查之后仍查不出被害者的身份，那就有必要重新制定调查方针。

每调查完一个人十津川便把黑板上这个人的名字划掉。当八个人的名字被划掉时，龟井回来了。

他向十津川汇报道："两个小时前武田运输大臣回到了国内。"

"是啊，今天是运输大臣回国的日子。"

十津川把目光投向日历。时间过得真快，这是由于自己已经到了三十七岁的关系呢？还是忙于案件的缘故？

"我在机场会见了神谷秘书长。"

"谈了那张名片的事了吗？"

"大致谈了一下。"

"他反应怎样？"

"他说那是过去的事了，大臣也会这样认为。"

"真是政治家的口吻!"

"不过,从神谷秘书长那儿听到一件很有意思的事。武田先生当了大臣后马上出席了本次国际会议,所以至今还没衣锦还乡。"

"就是说这次要回老家了?"

"是的。现在是国会休会期间。据说武田先生在出国前就拟好了回家的计划。这件事我是第一次听说,据说报上报道过。"

"武田先生的老家在哪儿?"

"这件事说它是有意思好呢?还是说它有问题好呢?"

"是鹿儿岛?龟井君?"

"正是。"

"他是想乘蓝色列车回家?"

"不过……"

十津川不由自主地用双手搓了搓脸, "我算服了,这家伙……"

"据说最初预定乘坐飞机。"

"那当然了。"

"不过据说国铁正苦于财政赤字,所以强烈要求大臣乘坐国铁。因此,大臣才改乘国铁的。这是我从神谷秘书长那儿听说的。"

"国铁不是有新干线吗?虽然还没有通到鹿儿岛,但可以坐新干线到博多。"

"据说神谷秘书长建议如不乘飞机就坐新干线或汽车。对此,武田先生提出他孩提时代就喜欢坐夜行列车,所以这次还想乘现代化夜行列车。看,这既有想乘坐当今有名的蓝色列车的心情,又有向老百姓炫耀一下的意思啊!"

"这件事定下来了吗?"

"神谷秘书长说已经安排妥了。我向国铁方面打听,他们不肯确切地告诉我。不过,乘坐蓝色列车去鹿儿岛一事是无疑了。"

"开往鹿儿岛的列车只有'隼鸟号'和'富士号',他打算乘哪一趟呢?"

"神谷秘书长说乘坐 4 月 3 日的。而且说大臣嫌末班车乱不愿坐,我想大概是乘坐'隼鸟号'。"

十津川听了龟井的话表情逐渐变得严肃起来:"如果是 3 号那就是大后天了!"

他的声音如同怒吼。

"是大后天。"

"武田大臣乘坐蓝色列车回家一事是不是 3 月 27 日定下来的?"

"这一点不清楚。只知道是在大臣出席本次国际会议以前定下来的,因为神谷秘书长说在出国前同国铁已商定了。"

"肯定是在 3 月 27 日定下来的。"

十津川断定。这样一来,这次杀人事件意味着什么便一目了然了。

"如果罪犯也知道是这一天的话……"

为了弄清这一点,他叫人拿来装订的 3 月份的报纸一张一张地查阅起来。

真的在报上刊出过。那是 3 月 20 日的晨报。在第二版《政界往来》一栏里登载了一小段武田大臣衣锦还乡的消息:

武田运输大臣计划在下月 3 日衣锦还乡,大致乘坐当今颇负声望的蓝色列车。

"高田知道这件事啊！"十津川对龟井说道。

"不准备开专列吗？"龟井问道。

龟井的话音未落十津川便说道："不会的！现在国铁从其种意义上来说正成为舆论的众矢之的，特别是在赤字方面。如果在这个时候运输大臣因私事开了专列，肯定要受到舆论界谴责的。况且武田先生打的是平民化的幌子，开专列这件事就不能提了。所以，他要乘坐普通的蓝色列车。"

"同一般旅客一起，警戒都成问题啊！"

"这件事你也问过神谷秘书长吧？"

"问过了。"

"那么，他的回答呢？"

"他说无需考虑大臣会被人狙击，因为他既无政敌，人缘又好。"

"是啊，作为秘书长那样回答是理所当然的。如果大臣真要乘坐 4 月 3 日的蓝色列车，你要详细查一下预定的是哪次车、哪个座席。"

"警部，您认为会发生什么事情吗？"

"不清楚，所以才要调查一下。"

"你说的……"

龟井刚要发问，吹田见习警部两眼闪闪发光地进到屋里："警部，被害人的身份查清了！"

3

"拜托了。"十津川拍着龟井的肩膀把他送出门，然后转向吹田问道，"是谁？"

吹田从口袋里取出两张照片并排放在十津川面前："姓名田久保凉子，年龄二十三岁，身高一米六，毕业于 S 短期大学。她出生于奄美大岛，后在东京八王子经营宝石生意。虽然是个很小的店铺，但由于她长得漂亮，脑子灵，生意却很兴隆。"

"是田久保信一的亲属？"

十津川把目光投向黑板，田久保信一的名字排在第十二位上。黑板上写着：

> 田久保信一，三十岁，犯有伤害罪，被判刑一年零两个月，已死亡。

"是他的妻子。田久保信一于 3 月 19 日突然自杀身亡。凉子大概是由于厌恶了在东京的生活打算回她的老家奄美大岛，因此她把店铺处理了。"

"田久保信一是个什么样的人？"

"他从 M 大学经济系毕业后就职于新宿的 A 百货公司。二十五岁与当时十八岁的凉子结了婚。两年之后，因同公寓的一位美术设计师向凉子求爱而气愤之极，用刀把对方刺成重伤。"

"当时受理辩护的是高田律师了？"

"是的。结果，田久保信一被判处一年零两个月的徒刑关进了宫城监狱。田久保信一入狱后，凉子为了生计一面在一家宝石店干活一面开始学习鉴定宝石的技术。在取得许可证后，她便在八王子独自经营起一个小店铺。她用她父亲留下的相当数量的遗产做了资本。"

"田久保信一是何时出狱的？"

"一年后出的狱。出狱后夫妻二人一起经营宝石店。"

"自杀的原因是什么？"

"这一点还不清楚，也没有留下遗书。八王子的警察署认为，也许是他觉得作为一个男子汉靠老婆来维持生活很窝囊吧。"

"是田久保凉子吗？"

十津川再次看着照片，两张都是彩色的。一张是与一位男人的合影，那张笑脸无疑就是被害人。

"一起合影的这个男的是田久保信一吗？"

"是的。"

"照片是从哪里搞到的？"

"是从附近的一家商店里借来的。据说是他们去水上温泉时在商店街拍的。"

"我们拿着这些照片去见高田怎么样？"

"要逮捕他吗？"

"别慌啊！"十津川笑了，"只凭查清了被害人身份还不能拿到逮捕证。"

"但是，可以肯定这个女人与高田有关系。"

"可没有直接关系。如果高田是凶手，动机呢？"

"爱情纠葛呗。丈夫信一入狱后凉子便同高田搞上了。她这么年轻漂亮，高田插手也并不奇怪。"

"田久保信一出狱后知道了这件事受到很大打击便自杀了？"

"对的。"

"那么高田为什么要杀害凉子呢？"

"高田在休假期间乘坐蓝色列车，出于偶然凉子也在同一节单间卧铺车厢里。我认为对凉子恋恋不舍的高田强行追求她，但遭到凉子的断然拒绝……"

"为此高田勃然大怒把她杀了？"

"对。正如您以前讲的，是把她的脸按在单间卧铺的洗脸

99

盆里呛死的。"

"不过吹田君，为什么尸体漂在了多摩川上呢？"

"这我也不明白。"吹田遗憾地说道。

4

十津川带着吹田走访了位于银座的高田律师事务所。高田面带笑容地迎接了他们。他把两人领到接待室后便吩咐年轻的女事务员去端咖啡。

十津川一边往送来的咖啡里放砂糖一边对高田说道："多摩川溺尸的身份终于查清了。"

"那太好了。"高田说着，脸上毫无不安的神色。

"她叫田久保凉子，二十三岁。"

"噢。"

"您认识吗？"

"不认识。"

"那么，田久保信一这个名字您记得吗？"

"田久保……"

"不认识？"

"对。"

"这就怪了。这个人犯过案，您曾为他进行过辩护。"

"请稍等一下。啊，我想起来了。不错，他是百货公司的职员，是个男的，犯的是伤害罪。这么说，田久保凉子是他的妻子？"

"是的。请您去辩护的不是他的妻子吗？"

"对、对，我想起来了。一位年轻漂亮的夫人来找我商量过。真的是她吗？"

"就是那个死者。辨认尸体时您没认出来吗?"

"经我辩护的人太多了,这么一说确实像她。"

"那么您为什么说下行'隼鸟号'上是初次见到她呢?"

"请您等一下。"

"怎么了?"

"我认为尸体有可能是田久保凉子,因为经你们这么一说确实很像。但我并不认为这个人和乘坐下行'隼鸟号'的那个女人是同一个人。因为,我确实看到蓝色列车上的那个女人在终点站西鹿儿岛下车了。"

"就是说您也到了西鹿儿岛。"

"我以前已经讲过了。"

"那么请您告诉我住的是哪家旅馆。以前您说没有这个必要,但现在情况不同了,因为被害人是您认识的人。假定她不是蓝色列车上的那个女人,不,权当是另外的一个人的话,那就更需要您不在犯罪现场的证明。"

"难道我会在途中下了'隼鸟号'返回东京?嗯,我说什么来着?她的名字……"

"田久保凉子。"

"是田久保凉子!你们怀疑是我杀了她?"高田眼里含着笑意。

"您在鹿儿岛住的哪家旅馆?"

"是哪家旅馆来着?"高田从口袋里掏出笔记本一页一页地翻起来,"3月28日住在西鹿儿岛车站前的一家旅馆里,叫'中央旅馆'。第二天去宫崎,住'宫崎第一旅馆'。30日住别府的'新别府旅馆',都是些大旅馆啊!"

"一个人住吗?"

"我打算这次休假享受独自旅行的乐趣,所以要的都是单人房间。"

"您还记得您住旅馆时的一些情况吗?"

"是啊,在宫崎的'宫崎第一旅馆'里有专门的服务员。除此之外,既没有特别的人,也没有发生什么特别的情况。"

"住旅馆用的是真名吗?"

"对。我没有使用假名的必要嘛。"高田显得很轻松。

十津川感到对方的态度中有着轻微的焦躁不安。

"田久保信一自杀一事您知道吗?"

"知道啊。因为我很关注自己曾辩护过的人。举行遗体告别时,我也去烧了香。"

"您知道他自杀的原因吗?"

"不,不知道。他曾有过前科,但已经服过刑了。而且,我作为一名律师曾就他今后的生活出路进行了多方面协商。我怎么想也想不出他自杀的理由。"

"那么,您知道田久保凉子被害的原因吗?"

"您把我看成凶手了吧?是向作为凶手的我来询问她被害的原因吗?"高田带着讽刺的眼神说道。

在十津川旁边的吹田生气地顶了他一句:"如果心中无愧的话就坦率地回答好了!"

"我心中没有什么有愧的地方。凉子的突然死亡很让我吃惊。我不过是看了尸体没有马上认出她是田久保凉子罢了。"高田说完,脸上的笑容一下子消失了,换成一副不高兴的表情。"好了,我正忙着呢,是不是到此为止?"

"那我们改日再拜会。"十津川说着,催促吹田站了起来。

两个人刚要出事务所,像是要证明高田所说的话似的,一个高个子戴眼镜的男人迈着急促的步子走了进来。

5

走出高田律师事务所，吹田急忙站住。

"刚才那个人很眼熟。"

"是谁?"

"对了，他叫山本正夫。"

"这个名字不是在黑板上写着吗？他是高田辩护过的男人中的一个吧?"

"是的。他因侮辱妇女和伤害罪两次被逮捕，两次都是由高田出庭辩护的。第一次侮辱妇女被判缓期执行，第二次因伤害罪被判一年徒刑。"

"是嘛。"

"这种人来有什么事吧?"

"所以……"十津川冷静地反问吹田，"你是说必须采取什么措施?"

"什么措施？嗯!"

十津川笑着向巡逻车的方向走去。

"高田是律师，他还强调凡对自己亲自辩护过的人都当成亲人给予照顾。所以，这种人出入他的律师事务所并不奇怪。能说有前科的人进出律师事务所就得逮捕律师吗?"

"那当然不能。不过……"

"不满意，是不是?"

"那倒不是。"

"好了，上车吧。"

十津川先跨进了巡逻车，吹田在他身边坐下。他们向搜查总部驶去。

"本案有几处疑点。"到了搜查总部十津川背靠座椅说道。

"凶手肯定是高田。"

"不过没有证据。"

"他的不在犯罪现场证明肯定靠不住。"吹田用不容反驳的语气说道。

"说是这么说。"

"您认为高田不是凶手?"

"你的脸色别绷成那个样子嘛,"十津川说道,"我并不认为高田清白,但如果他是凶手的话,有些问题还不清楚。"

"什么问题?"

"你还记得我们盯上高田的原因吗?"

"那是因为青木记者的证词。"

"对。如果高田是凶手,他为什么把真名告诉青木,而且还表明自己是律师呢?假如他不把名字告诉青木,也不和青木搭话而销声匿迹的话,恐怕我们连线索也找不到。"

"可不可以考虑这样两点理由。"吹田盯着十津川说道。

"说说你的理由。"

"首先,把青木从下行'隼鸟号'上弄下来会不会是打算干掉他?所以,高田才放心地把真名告诉了青木。但出于某种差错使他未能干掉青木。这样考虑可以吗?"

"第二点理由呢?"

"高田过于自信,属于自作聪明型的罪犯。我认为,他自信绝对没有问题,所以才毫不介意地表明了自己的姓名和身份。"

"你的想法不错,但过于一般化了。"

"您认为还有别的理由吗?"吹田的眼睛闪着亮光。

"坦率地说我也不知道。"十津川说道,"高田确实是个很自负的家伙，但他也会仔细思虑之后再采取行动。况且，青木并未被害。"

"可是……"

"好了，你明天赶快去九州。"

"是去调查高田的不在犯罪现场证明？"

"是的，希望你彻底调查清楚。"

6

第二天，吹田乘飞机飞往九州。这位年轻的见习警部雄心勃勃，对十津川的慎重感到不满。高田肯定是凶手，应当赶快把他逮起来。这样，这件案子不就结了吗？

吹田走访了西鹿儿岛站前的中央旅馆。这是一座新建的八层旅馆。一组像是来旅游的外国人正在服务台办理登记手续，吹田等他们走上电梯后便同服务台的人谈起来。他看了 3 月 28 日的住宿卡片。这是由住宿客人自己填写的一种卡片，他马上找到了高田律师的那一张。上面填写的住址和电话号码都是真实的。住宿天数为一天，29 日离开旅馆。

吹田从衣袋里掏出一封高田写的信。这是借来的，是高田写给同行律师的暑期问候明信片。笔迹很相似，在外行人眼里会断定是出自同一个人之手。可是吹田认为只凭这些并不能证明高田 28 日来过这家旅馆。因为要充分考虑到高田有可能在 28 日以前弄到住宿卡片，把它填写好后由别人带到旅馆来。旅馆的客人一多，服务台的人不会一个一个地盯着他们填写住宿卡片，而且备用的圆珠笔到处都有。

吹田问一位三十二三岁的服务台的工作人员："您还记得这位叫高田悠一的客人的长相吗？"

"嗯，记得。"

"那么，您能认出是其中的哪一位吗？"

吹田把事先准备好的三张照片并排摆在了服务台。三张照片中有两张是警察。服务台的人轻易地就把高田的照片挑了出来。

"28 日那天客人不多吗？"

"不，百分之八十的房间都住上了客人。"

"那您为什么记得这位客人的长相呢？"

"那天来了一对法国夫妇，他们不会英语，我又不会法语，正在为难之际高田先生来了。多亏了他给我们当翻译，所以我记得很清楚。"

"您记得他是什么时间到旅馆来的吗？"

"确切的时间是下午 7 点多，我吃完晚饭接班后不久。"

"从车站到旅馆需要多长时间？"

"步行最多不过三四分钟。"

可疑啊！吹田脑海里浮现出蓝色列车的时刻表。下行"隼鸟号"抵达西鹿儿岛站的准确时间是下午 2 点 42 分。假如下车后马上到旅馆，登记时间应当是在下午 3 点左右。那么，晚上 7 点多才到是怎么回事呢？是下了火车在市里转了转，吃完晚饭再来旅馆的？不会的，这是不可能的。从东京坐了十八个小时的火车才到达目的地，之后自然想先静静地休息一下。

"如果不是乘坐'隼鸟号'而是乘坐'富士号'到达的话……"

吹田想到"富士号"到达西鹿儿岛站的时间是下午 6 点24 分，在车站附近吃过晚饭再来登记的话，正巧是服务台那个人所说的下午 7 点多。《时代周刊》的记者青木说他被什么人从"隼鸟号"上弄下来移入晚一小时十五分的"富士号"

上。如果是高田的话，时间就一致了。

　　吹田微微一笑，可脸色马上又沉了下来。他认为如果是高田把青木移入"富士号"上去的话，那么在途中下车返回东京，把被害人的尸体投入多摩川不就不可能了吗？

　　"我想借用这张住宿卡片。"

　　吹田征求服务台的人同意后，把卡片装进口袋走出了中央旅馆。根据服务台的人的话判断确系高田无疑，但为了慎重起见，还是让专家去鉴定一下笔迹。

　　下午他到车站附近的餐馆里吃过午饭，然后直奔西鹿儿岛的车站。车站虽小，但作为南国的鹿儿岛大门很相称，给人一种明快的感受。他会见了站长，请他查看收回的 3 月 28 日"隼鸟号"和"富士号"的车票。

　　他先查看了"隼鸟号"的单间卧铺票，除青木的七室外别的票都齐了。青木说他被扔在门司站上，所以西鹿儿岛站没收回他的车票并不奇怪。问题是八室的票，是谁拿着这张票通过了检票口。"隼鸟号"的乘务员和高田都说是个年轻漂亮的女性，身穿浅茶色的大衣。可是多摩川的溺尸如果是"隼鸟号"八室的女人，那么在西鹿儿岛下车的那个女人就是个替身。

　　他接着又查看了"富士号"的单间卧铺票，也只缺七室的票。这张从东京到西鹿儿岛的票是五天前售出的。西鹿儿岛站没有收回这张票，就是说买票的人虽然买了票但并没有乘坐"富士号"，或是在途中下车了。青木说他发现自己是在"富士号"的七室里。罪犯为了把他移进这个房间就必须打开七室的门。会不会是罪犯事先把"富士号"七室的票买下来让它空着呢？

　　吹田觉得自己好像是在一点点地整理着拼图，却总是感到没有靠近案件的核心。

吹田乘坐下午 3 点 16 分由西鹿儿岛站始发的"锦江六号"快车直奔宫崎，将近 6 点时到达那里。他下车后立即寻找高田所说的宫崎第一旅馆，从车站到旅馆他用了十五六分钟。旅馆是一座十层大楼。

吹田在服务台提了与鹿儿岛相同的问题。住宿卡片上记着高田的住址、姓名和电话号码，是他本人的笔迹。位于旅馆休息室一角的酒吧间里的招待还记得高田的长相。因为高田在酒吧间里待了两个小时左右，同招待谈了律师生活方面的许多事情。

"他是位很健谈的人。"

这名中年招待说着，很快地就从吹田带来的三张照片中挑中了高田的照片。

吹田决定当晚就住在这家旅馆。他要了个单人房间。进屋后，他马上往搜查总部打了电话。

"十津川警部吗？高田 28 日和 29 日确实在鹿儿岛和宫崎住宿了。"

"真的？"电话那边的十津川答应着。

"您知道了这件事？"

吹田握住话筒皱起眉来。因为他想到只要高田是罪犯，在鹿儿岛和宫崎就会有伪造的不在犯罪现场证明。

"由于高田提到在九州住宿时十分自信，所以我想多半他从 28 日起实际住宿过。"

"既然这样为什么派我到九州来呢？"

"你别着急啊！"

"我没着急。"

"那就好，我是想让你去证实一下。"

"3 月 27 日从东京始发的下行'富士号'的单间卧铺七室的票是从东京到西鹿儿岛的,票虽然卖出去了,但是西鹿儿岛的站没有收回这张票。"

"那倒挺有意思。"

"我觉得好像解开了为什么要给青木记者用安眠药使他睡着并把他从'隼鸟号'弄下来移入'富士号'同样的单间卧铺七室这样一个谜了。罪犯知道'富士号'七室的房间空着,所以才能放心地把他换过来。"

"青木记者说他是在冈山站被人从'隼鸟号'弄下来移入'富士号'的。"

"但是列车在冈山站是规定停车,车厢的门是不开的。从'隼鸟号'下车可能得请乘务员把门打开,可是上'富士号'列车是怎么上去的呢?"

"当然也是请乘务员把门打开的。"

"那我就很需要那位乘务员的证词。"

"我也这么想。可是这个证词取不到了。那趟'富士号'列车的四个乘务员中的一个在三天前死了。我从青木那儿获悉后做了调查才知道是事实。大概就是那个乘务员让他上车的。"

"是被人害死的吗?"

"是醉酒后夜里掉进隅田川淹死的,没有发现他杀的证据。"

"可是……"

"你想说的我清楚,不过正像刚才讲过的那样,没有他杀的证据。"

"明白了。还去调查别府的旅馆吗?"

"不用了,高田肯定也住了。你不如去博多列车段,问一下冈山的情况。应当有一位打开'隼鸟号'车厢的门帮助罪犯和青木下车的乘务员。"

"武田大臣的事怎么样了？他真的要乘坐蓝色列车去九州吗？鹿儿岛街头都搭起牌楼啦！"

"据说是决定乘坐明天的下行'隼鸟号'，大臣和随员预定使用单间卧铺车厢的一至五室。"

五小时之谜

1

晚报以《运输大臣将于明日乘国铁的蓝色列车衣锦还乡》为标题，报道了武田的鹿儿岛之行。同时还刊登了武田的谈话。他说，乘坐夜行列车是他从孩提时代便梦寐以求的事情，初进东京时乘坐的就是当时的夜行列车。

十津川放下报纸，环视着室内的刑警们："如有可能，我想在明天下午4点45分，也就是下行'隼鸟号'开出东京站之前解决这起案件。"

"您认为蓝色列车上会发生什么事吗?"戴眼镜的樱井看着十津川问道。

"不清楚，但是要消除隐患。"十津川没有把握地说道。

3月27日以后，下行的"隼鸟号"每天下午4点45分从东京站驶向西鹿儿岛没有发生过任何情况，就连27日那天发出的下行"隼鸟号"也没有发生过什么情况，但仍然令人担心。况且，明天将是运输大臣乘坐蓝色列车去西鹿儿岛的日子。

十津川对刑警们说道："我们认为多摩川的死者田久保凉子乘坐了下行'隼鸟号'，就这样把推理进行下去吧。"

111

"问题是能否让乘坐在'隼鸟号'上的田久保凉子在 28 号上午 11 点漂浮在多摩川上。"樱井眼镜后面的一双眼睛闪闪发光。

"对！青木作证说列车直到三宫站她都在八室里。因为'隼鸟号'离开三宫站的时间是 28 号 0 点 36 分，所以田久保凉子应当是在这个时间以后被弄下车运到多摩川投到江里的。"

十津川把"隼鸟号"离开三宫站的时刻表写在黑板上：

"隼鸟号"列车时刻表

三宫	0：36
（冈山）	2：25
系崎	3：35
广岛	4：41
岩国	5：19
小郡	6：51
厚狭	7：22
下关	7：54
门司	8：06
博多	9：10
鸟栖	9：37
久留米	9：47
大牟田	10：16
熊本	10：58

再往下是八代、水俣等。虽然停车但时间已过 11 点，已经没有什么意义了。

"其间只有青木和另一个男子在冈山站下了车，所以田久保凉子被弄下车可能是在冈山站之后。首先从系崎开始考虑吧。"

"系崎没有机场，如果是在这里把这个女的弄下车的话，那就是用汽车运走的。" 小个子的日下刑警眼睛看着黑板说道。

"从系崎到东京有多少公里？"

"大约八百二十公里。"

"七个半小时能跑完八百二十公里吗？"

"时速得一百公里以上，这样七个半小时也有些勉强。"

"那么暂时保留。下面是广岛。这里有机场吧？"

"对，有'全日空'的班机。"

樱井取来时刻表一页一页地翻着，突然眼睛一亮："有正好的班机。从广岛到羽田，一天六个航班，首班是早 7 点 50 分由广岛发出，10 点 10 分到羽田。"

"这样的话，凌晨 4 点 41 分在广岛站下了'隼鸟号'列车，然后乘三小时后的'全日空'班机 10 点 10 分到羽田，再用汽车把死者运到多摩川扔掉。从羽田到现场乘车二三十分钟，完全来得及。"

"但是，警部……"日下歪着头看着十津川。

"什么？"

"田久保凉子的死亡推定时间不是 28 日凌晨 2 点到 3 点之间吗？"

"是的。恐怕是用单间卧铺车厢的洗脸盆的水呛死的。"

"这样的话，人在广岛就已经死了。出检票口的时间是夜里，装扮成病人还可以，可是在飞机上不会被人怀疑吗？"

"谁跟'全日空'公司查一下这点？"

听了十津川的话，泽木便拿起电话开始向"全日空"公司询问。

"下一个是岩国，5点19分到。"

"从岩国到东京大约九百四十公里。"樱井说道，"而且离11点只剩下五个半小时，用汽车运的话，时速必须达到二百公里，首先这是不可能的。"

"那也不见得。"十津川说道。

"可是用汽车……"

"还有飞机嘛。"

"岩国虽然有美军基地，但没有民航的班机。"

"我知道。可以用车运到大阪，从大阪上飞机。这和刚才系崎的情形一样。"

"是的。"樱井答应着，又去查了时刻表，"从大阪到东京有'全日空'和'日航'的班机，其中11点以前能到羽田机场的有'日航'的7点25分和9点10分的班机，以及'全日空'的7点45分和9点40分的班机。到羽田机场的时间分别是8点25分、10点10分、8点45分和10点45分。"

"从岩国到大阪有多远？"

"约四百公里。"

"这样的话，汽车时速一百公里得跑四个小时。因为列车到达岩国站的时间是5点19分，赶不上7点45分'全日空'的班机，想办法倒可以赶上9点40分的那一班。在系崎就能够赶上，时间还充裕。这一点也必须向大阪机场作调查。"

"开汽车到大阪能赶得上飞机的只能是岩国以前的车站

114

吧。"樱井说道，"列车到达下面的小郡、下关、门司等站的时间都很晚，而且离大阪又远，无论如何也赶不上飞机。如果开汽车到东京那就更需要时间了。"

"博多怎么样？那里离福冈机场很近，能否在广岛站利用直达东京的飞机呢？"

"福冈到东京之间，'全日空''日航''东亚国内航空'三家公司都有班机。'隼鸟号'到博多站是9点10分，所以要在这个时间以后的班机……"樱井把目光又投向了时刻表，"最近的一班是10点钟由福冈起飞的'日航'的班机，可是到羽田的时间是11点30分，来不及。"

"这么说，在博多下车就赶不上了？"

"是的。"

"那就集中调查大阪和广岛机场。"

就在十津川发出指令的时候，电话铃响了。

2

十津川拿起电话筒。

"是我啊！"

"我"是鉴定师新田技师。大胡子新田打电话的第一句话总是说，是我啊。

"还是那具多摩川女尸的情况吧？"十津川问道。

"是的。我说过解剖结果，死亡推定时间是凌晨2点到3点之间。"

"是的。可我们想知道尸体在水中浸泡了多少时间才求您。死者大概是在蓝色列车中被呛死，然后被人运到多摩川扔进水中的，我想知道扔进水中的时间。"

“您求我的是件稀奇事，真叫我为难啊！”

电话里传来新田的笑声，看样子他的情绪很好，可能是抓到了什么线索。

“您好像知道了……”

“全仗科研所的帮助。当我们发现尸体的时候，死者的衣服浸满了水，多亏当时量了包括身体在内的总重量。我们把衣服完全晾干后，再把尸体连同衣服放进水槽里浸泡到与发现尸体当时的重量相同为止。”

“需用多长时间？”

“您要的是最短时间呢，还是最长时间？”

“越短越好！”

十津川坦率地说道。被害者田久保凉子如果真是乘坐了下行“隼鸟号”列车，那她就是在三宫站以后被凶手弄下车，然后运到多摩川扔掉的。当然必须考虑尸体是扔进多摩川里即被人发现的，否则就更奇怪了。

“您是说这个时间短的话，凶手不在犯罪现场的证明就不存在了？”

“是的。我想要是超过一个小时那就奇怪了。”

“这可难了！”

“怎么了？”

“实验结果表明，起码也要五个小时。”

“真的吗？”

十津川沉默不语，他感到这是不可能的事情。

“您怎么啦！喂！”新田大声地问道。

“这个实验不会错吗？”

“没错！您就相信五个小时这条线索好了！”

“五个小时！”

第六章　五小时之谜

如果是五个小时，那就是在清晨 6 点被扔进多摩川的。在日本国内根本没有 6 点以前起飞的飞机。

十津川放下电话，向正在与航空公司和广岛、大阪机场进行联系的刑警们大声喊道："不要查了！"

刑警们吃惊地放下电话盯着十津川。十津川再次把大家召集在一起说道："鉴定师在科研所帮助下进行的实验查明，被害者至少是在清晨 6 点被扔进水里的。如果清晨 6 点尸体漂浮在了多摩川上，那么用飞机运送的线索也就不存在了，因为国内航线上没有 6 点以前起飞的飞机。"

"用汽车就更赶不上了。即或最早在系崎站弄下车，也是清晨 3 点 35 分，离 6 点只有两小时二十五分。从系崎到东京八百二十公里，根本没有能在两小时内跑完这段路程的车。"樱井顿时泄了气。

"系崎往西就更不可能了。"日下耸了耸肩膀。

"鉴定实验的结果没有错吗？"樱井自然提出了这种疑问。

"他们说是没错的。而且早晨 6 点是最低线，就是说也可能是 5 点。"

"这可怎么办呢？"樱井为难地看着十津川。

"不知道。但是，我不能不相信实验的结果。"

"田久保凉子会不会没有乘坐蓝色列车？"年轻的日下眨巴眨巴眼睛问十津川。

"不会的。田久保凉子的确乘坐了下行的 '隼鸟号'。"

十津川的声音里带着怒气，就是因为她乘坐了蓝色列车才发生了种种情况。

樱井用手指往上推了推眼镜问道："那就是青木记者记错了？"

117

"你指什么?"

"他说田久保凉子直到三宫时都在车上,那是个错误判断。"

"你是说在此之前她就被人从'隼鸟号'列车上弄下去了?"

"是的。比如说列车到达大阪的时间是 0 点 8 分。凶手把她弄下车的话离 6 点还有六个小时,用汽车通过东(东京)—名(名古屋)—神(神户)高速公路运走的。"

"有可能。"十津川先答应了一句后又说道,"不对!"

"错了吗?"

"如果凶手在三宫站之前就把田久保凉子弄下列车的话,为什么其后凶手还要给青木服安眠药、把他移入'富士号'、最后把他打昏扔在门司站的站台上? 有这种必要吗? 还有一点,请不要忘记被害者的死亡推定时间是凌晨 2 点到 3 点之间,而且是被自来水呛死的。因为'隼鸟号'到达三宫的时间是 0 点 36 分,如果是像你讲的那样,那就是被害者活着的时候被弄下车再用汽车走高速公路运到东京的,这不就成了她是在途中被淹死的吗? 如果是被刺死或被勒死还说得通,但被淹死该怎么解释呢? 难道是在汽车里准备好了盛着水的洗脸盆?"

樱井被十津川的一连串反问问得说不出话来。

"提个简单的问题行吗?"日下很客气地问十津川。

"什么问题?"

"凶手为什么把她从蓝色列车上弄下来,特意扔进多摩川呢?"

3

"问题提得好！"十津川说道。

日下的眼睛里闪着喜悦的目光，这位年轻的刑警由于受到十津川的赏识而感到高兴。十津川点上一支烟接着说道："我也有过同样的疑问，现在还存在着。最简单的答案是，罪犯也坐在同一次列车上。如果尸体在列车上被人发现，自己势必也要被怀疑。鉴于这种考虑罪犯才特意把尸体运到多摩川扔掉，这样就不会有人想到死者坐过蓝色列车。从而坐同一趟车的罪犯就不会被人怀疑了。"

"的确是这样的。"

"不过日下君，我并不满意这个解释。"

"为什么？我看这个解释很充分了。"

"首先是过于单纯。"

"这……"

"罪犯难道仅仅是为了这个案子才使青木昏睡，把他弄下'隼鸟号'再移入'富士号'，为此还特意买下'富士号'单间卧铺票的吗？他们还特意准备了田久保凉子的替身，让这个替身拿着车票在西鹿儿岛站下车。搞得如此烦琐，我认为他们有着更大的目标。"

"更大的目标是什么呢？"

"如果知道，那么对这个案子的调查也许有所帮助。"十津川摇了摇头，当然绝不能因为碰壁而袖手旁观，"樱井和日下你们两位再去调查一下高田律师周围的情况，并要监视高田的动向。"

"您仍然认为他是罪犯吗？"樱井问道。

"除了他还能有谁呢?"十津川的语气非常坚定,"被害人是高田认识的人,而且一开始他就隐瞒了这件事。"

"明白了。"

樱井催促着日下走出了房间。

十津川接着又吩咐泽木和井上道:"你们去调查一下那位淹死的乘务员北原的情况,特别要注意他同高田是否有关系。如果有,他们之间是什么关系。"

"您认为这位乘务员也是高田杀害的吗?"

"事到如今还能有别的考虑吗?"十津川反问了一句。

4

一天过去了,没有找到任何线索。

4月3日,从早晨起天气就特别晴朗,看来不会下雨了。

今天就是运输大臣乘蓝色列车去鹿儿岛的日子。

樱井和日下仍然紧盯着银座的高田事务所,但还没有发现高田要外出的样子。

"为什么高田还不动呢?"

十津川在搜查总部的房间里焦急地踱来踱去。

"您担心什么?"吹田问道。

"我担心高田……"

"您认为他要干什么事吗?"

"啊,我担心的就是这一点。在田久保凉子这个案子上迟早会查清高田就是凶手的,问题是在查清这个案子以前高田要有新的犯罪活动。不,恐怕是已经开始了。"

"是个什么样的计划呢?"

"要是知道就可以采取措施,不必如此担心了。"

"要是担心他有新的犯罪活动，就把他带来再审讯一次不好吗？是否可以另案逮捕？"

"用什么名义逮捕他呢？"

"违反停车规定等。不管是什么，找个理由。在这个社会，不违反任何规定而能活下去的人是没有的。"

吹田很坦然地说道。他认为如果罪犯是高田就可以随意地以任何理由把他带来。这位很有才气的见习警部也许平素就采取这种办案方法。

"我不赞同。"十津川冷淡地说道。

果然，吹田不满地提高了嗓门："不行吗？"

"不行！我想抓到碰凿证据后再逮捕他，不想采取姑息的手段。"

"我不认为另案逮捕是姑息的手段。采取一切手段来限制准备作案的危险分子难道不是为了社会的安全吗？而且，也有过在另案逮捕中本人交代与正题有关情况的案例嘛。"

"你这话像是很有经验啊！"

"有过成功的案例。"

"好了，吹田君。这次案子只要是由我来指挥，我就不会采用另案逮捕的手段。"

十津川的语气仍然很坚决。这绝不是他以指挥者自居，而是他讨厌这种玩弄小聪明的做法。

吹田还要说什么，电话铃声响了。十津川伸手取过话筒。

"我是樱井。"电话里传来樱井的声音，"高田出动了，现在已来到了东京车站。"

"东京站？"

十津川看了看手表，将近下午2点40分了，离蓝色列车

121

发车的时间还早着呢。

"高田是要坐下午 3 点开往博多的'光号'列车，他现在正在十五号站台上等车呢。"

"他打算去哪儿？"

"他买了到新大阪的头等车厢票。"

"大阪？高田去大阪干什么？"

"不知道。怎么办？跟踪他去大阪吗？"

"你和谁在那里？"

"日下君。"

"好吧，你一个人去新大阪。日下君回高田事务所去，向那里的人好好打听一下高田为什么事去大阪的。"

"明白了。"

"有谁和高田在一起吗？"

"现在还看不出有伴儿的样子。"

十津川放下电话，眼睛闪闪发光。高田终于出动了，可他去大阪干什么呢？

5

三个小时后，回到银座的日下打来了电话。

"据高田事务所的人讲，高田是为了接受一起住在大阪的一位大学同学的刑事案件去的。"

"你问清楚那个人的姓名了吗？"

"他叫畑中浩一，在大阪东区经营宝石店。我打电话问了问，据说确实是他弟弟卷入一起伤人案中，希望高田去商议，这是在三天前打电话约好的。"

"是嘛。你辛苦了，回来吧。"十津川说道。

高田去会见畑中多半是事实。他是个聪明人，知道只要自己一动就会受到警察的调查，所以绝不会对事务所的人说容易败露的谎话。但十津川并不认为高田仅是为此才乘坐新干线的，高田杀害凉子并非真正目的，而是某项行动的准备。他到底打算干什么呢？

十津川所担心的是武田大臣预定今天乘坐蓝色列车回家的事。被害的田久保凉子手提包里装有与两年前五亿日元诈骗所用过的同样的武田信太郎的名片，而今天武田又是乘坐同样的下行"隼鸟号"列车去西鹿儿岛，这是偶然的巧合吗？他警惕着今天高田是否坐下行"隼鸟号"。当樱井来电话说高田到了东京站时，他仍以为高田要坐"隼鸟号"。然而，电话里却说高田乘坐新干线。

高田是打算在大阪乘坐下行"隼鸟号"吗？十津川想着便翻看了列车时刻表：15 点由东京始发的"光号"列车到达新大阪的时间是 18 点 10 分；下行"隼鸟号"列车到达大阪的时间是 0 点 8 分，其间有六个小时的充裕时间。这样即使他在大阪和朋友商谈完了还来得及乘下行的"隼鸟号"。可高田在大阪乘坐下行"隼鸟号"的目的究竟何在？是否与武田有关？如果有关，他们之间又有什么联系？

"龟井君。"十津川招呼龟井道。

正在打电话的龟井回过头来："什么事？"

"武田大臣的日程安排没有变更吗？"

"没有。"龟井看看手表，"现在是下午 3 点 08 分。据我从他的秘书长那儿打听的日程安排，现在该是大臣出门的时候了。16 点到东京站，16 点 30 分以前在站长室里休息，16 点30 分进'隼鸟号'列车。"

"警卫是两个人吧？"

“大臣、秘书长及一名女秘书，还有两名安保人员，共计五人。”

“记者也同行吗?”

“是的。不过，报社的人没有拿到单间卧铺票的。因为单间卧铺只有十四个房间，而一周前售票时票大致就卖完了。”

“能知道其他九个房间的乘客是什么人就好了。”

“这可有点儿强人所难啊!”

“是的。大臣和高田之间不会有什么联系吗?”

“现在不清楚。不过，可以假设他们相识。因为高田属于权力志向型人格，又对政治颇感兴趣，他有可能在某次集会上经人介绍和武田信太郎讲过话。”

“如果武田是法务大臣，倒可以考虑高田和他在工作上有过接触。”

“请等一下。”龟井急忙取出笔记本翻阅，“武田先生在众议院的时候曾经是法务委员会的委员，这是在三年以前，任职一年半。”

“这很有意思。”

“还有一点，武田在当时还是刑法研究会的成员。这个研究会是财团法人性质，是以研究日本刑法为目的的团体。”

“成员由哪些人组成?”

“成员里有过政治家、财界人士、检察官，也有过律师。”

“你说的有过是什么意思?”

“因为他们发表的刑法修正草案太保守，遭到了革新派众议员的极力反对。后来，这个研究会也就解散了。”

"如果这些成员中有高田，自然他也就和武田信太郎认识了。"

"我调查一下。"

"快点儿！拜托你了，龟井君！"十津川的声音刚毅有力。

6

总编宫下嘭的一声把火车票放在正在写稿的青木面前。

"拿着它马上去车站！现在去，赶下行'隼鸟号'还来得及！"

"够了！"青木厌烦地摇了摇头，"我已经坐了两次蓝色列车，足够写出稿子来了。比起它来，我倒很想写这起谋杀案与蓝色列车的关系。"

"今天是运输大臣乘蓝色列车回老家的日子，我是叫你去采访！"

"不过，我认为乘坐在蓝色列车上的女人死于多摩川这一杀人案倒是一篇很有趣的报道。"

"连罪犯是谁都搞不清楚的报道称得上有趣吗？"宫下的语气近似斥责。

"罪犯大概是叫高田的律师。"

"写杀人案的报道能出现'罪犯大概是谁'吗！况且对方是律师，没有证据而把他当成罪犯来写会引起麻烦的呀！你倒不如去写写运输大臣衣锦还乡的报道。"

"这张不是单间卧铺票。"

"这次没弄来，你就在二等卧铺里忍一下吧！"

宫下拍了拍青木的肩膀。青木无可奈何地站了起来。大臣衣锦还乡的报道肯定没意思，但作为工作又不能不去。独身的青木总是作好了随时出差的准备，他把装着洗漱用具的手提包放在杂志社的橱柜里。他从会计那里领回来车票钱和住宿费后，拎着手提包走出了《时代周刊》杂志社。

他到达东京站后就上了十三号站台。今天这里手持照相机和八毫米摄影机的孩子们仍是满满当当的。不过，也能看出与前些日子稍有不同的情景。站台上到处是安保人员，而且还有一些一眼就能看出是新闻记者的男人们聚集在单间卧铺车厢附近，等待着运输大臣的到来。

下午 4 点 30 分，从旁边十号轨道开出了同样是蓝色列车的"樱花号"。随后武田在站长的陪同下登上台阶，两个人的周围围了十五六个人。等在站台上的记者和摄影师一齐把相机对准武田按下快门。在两三分钟内，按快门的声音和闪光灯的光亮充满了站台。青木也拍了几张照片。来拍蓝色列车照片的孩子们不知此人是谁，呆呆地看着武田。

"果然名不虚传，孩子们来得真够多的啊！"

武田笑眯眯地对站长和包围自己的新闻记者说道。他是位身材高大、嗓音洪亮的人。

"托您的福，蓝色列车很受欢迎。"站长显得很得意。

"武田先生，我认为您是第一位乘坐夜行列车回家的大臣。请问，您是那么喜欢夜行列车吗？"

记者群中有人提出这样的问题。

电视摄影机在转动，几支麦克风也伸到武田面前。仅此就可以表明，武田乘坐蓝色列车回家的"演出"取得了宣传效果。武田非常高兴。

"我曾多次乘坐飞机和新干线回家，但总想坐一次蓝色列车试试。这次如愿以偿，真是高兴极了。"

第六章 五小时之谜

"请允许我为您在单间卧铺车厢里拍一张照片，可以吗？"

一位摄影师提出这样的请求，武田应允着轻松愉快地走进了单间卧铺车厢。

武田的包房是三室。他进屋后环视了一下房间后说道："屋子里窄了一点儿！"

然后，他又把桌子盖打开、关上，"倒是很紧凑啊！"

一位记者问道："是否有为新婚夫妇制造双人间的打算？"

"我将告知国铁总裁。如果制造出双人间，新婚的年轻夫妇就会利用蓝色列车进行新婚旅行了吧？"

"是的，我认为会利用的。因为，坐它也包括旅馆钱在内了。"

"当然。哈……"

武田摇晃着高大的身子笑了。这爽快的笑法表明他在外表上不像个度量小的人。

发车的铃声一响，大部分记者和摄影师走出车厢来到站台上，车厢里只留下不足十个人。武田站在车厢通道上，透过宽敞的窗户向送行的站长和工作人员招手致意。"隼鸟号"列车在午后还很明亮的阳光沐浴下，缓缓地离开了站台。

武田约定晚7点去餐车，记者和摄影师们便回到了自己的座席。青木到了二等卧铺的七号车厢，在自己的铺位上坐了下来。按车票他的铺位是上铺，虽然向上爬费点儿劲儿，但比起下铺来听不见脚步声和说话声要清静些，还可以将琢磨下铺来的是怎样的一位乘客来作为一种乐趣。列车驶出东京站后五六分钟，一位二十五六岁的女人看着自己的车票走了过来，并在青木的旁边坐下，像是下铺的旅客。这个女人长得相当漂亮，青木一下子高兴起来。

"您到哪儿?"

青木问。这使他又想起了 3 月 27 日同那个女人搭话的情景,那个女人肯定是在多摩川发现的被淹死的田久保凉子。

"到西鹿儿岛"。女人微微一笑,"您呢?"

"我也是到终点站西鹿儿岛。"

青木取出名片递给女方。尽管总编对他讲不要轻易地把印有社名的名片送人,但一个人的性格很难改过来。

"《时代周刊》的?"女方看着青木,表情稍微有些吃惊。

"是的,如今这是个庸俗的工作。"青木有些得意洋洋的样子。

"说到工作,这次车上好像坐了位大人物,刚才站台上闪光灯闪个不停。"

"是运输大臣乘坐这次蓝色列车回家,到鹿儿岛哪!"

"噢。"

"我也是为了采访这件事去西鹿儿岛的。请问贵姓?"

"我叫八木美也子,请多关照。"女人扑哧一声笑了。

"有什么可笑的呢?"

"我一度想进出版社,曾参加了《时代周刊》社的录用考试,所以感到可笑。"

"真叫我大吃一惊啊!那么考试怎么样了?"

"彻底落选了。"

"监考的人是有眼无珠。如果您考上了,说不定我们会一起乘坐这趟车来采访呢!"

"您是为了采访运输大臣才坐这趟车的?"

"已经采访过了。因为大臣定在晚上 7 点去餐车，在那儿再拍拍照片就结束了。"

"大臣去餐车？"

"这是一种姿态啊！"青木笑了，"这些所谓的大臣都想摆出自己和老百姓打成一片的样子，并不是餐车的饭菜合大臣的口味。"

"那么，7 点钟我也到餐车去，见识一下这位大臣的尊容。"

"一起去吧！"

青木邀请她。采访大臣虽然枯燥，但一想到能和这个女人同行也很高兴。青木又向女人的脸瞟了一眼，白色毛衣下丰满的乳房随着呼吸在起伏。她那穿着白色喇叭裤的两条大腿给人以一种秀丽之感。

这个女人究竟是干什么的呢？

7

樱井从新干线上打来电话："列车现在出了名古屋。"

话筒里传来轰轰声，暂时掩盖了樱井的声音，大概是列车在错车。

"高田在干什么？"十津川大声问道。

"像是在十二号车厢里睡觉，刚才还在读周刊来着。"

"据高田事务所的人讲，高田是到大阪去会见他大学时代的一位朋友，为了商谈和那个人的弟弟有关的一起伤人案。"

"他真的会去会面吗？"

"我想会的。因为他是个十分谨慎的家伙，大概很清楚不

129

去会面会受到警察的怀疑。运输大臣乘坐的下行'隼鸟号'十五分钟前已开出了东京站，到达大阪的时间是 0 点 08 分。高田也许打算乘坐这次车。"

"他为什么要坐这次车呢？"

"也许是因为运输大臣坐了这次车。暂时还没有考虑到其他方面的原因。"

"高田与大臣之间不会有什么关系吧？"

"现在正在调查，不久就会查清楚的。所以你要紧紧地盯住高田，特别要注意他是否要转乘下行'隼鸟号'列车。"

十津川提醒樱井注意事项后挂断电话，眼睛望着窗外。

窗外，天刚蒙蒙亮。从案件发生的那天起，十津川就觉得时间过得特别慢，为了这个案子他一直被轻度的焦虑所折磨着。时间过了将近一个星期，却依然没有抓到高田杀害凉子的证据，不仅如此，连田久保凉子乘坐蓝色列车这件事都得不到证明。如果突破不了 28 日上午 11 点在多摩川发现的尸体是在水中浸泡了五小时这一时间障碍，不仅无法断定高田是罪犯，而且也无法断定尸体是蓝色列车上的那个女人。

十津川点燃一支烟。当他把烟雾吐出敞开的窗户时，龟井来到屋里。

"警部！"

十津川一听这高亢的声音便知道他带来了好消息。

"高田果真是刑法研究会的成员吗？"

"是的，这个研究会在一年半以前解散了。从研究会创办的时候起高田就是这个会的成员。许多律师认为，这个会只能把刑法越改越糟，所以都不积极参加，唯有高田很积极，因此受到大家的指责。而且，高田和武田出自同一个大学。不过我认为由于他们之间年龄相差很大，恐怕在大学里没见过面，是在研究会里两人的关系才密切起来的。"

"高田同武田交往过一年半，也许研究会解散之后仍有来往。"

"可两个人相识能构成问题吗？"

"当然不能。但是现在可以作出这样的解释，即田久保凉子被害，在她的手提包里有武田的名片，这位田久保凉子是通过她丈夫结识高田，而高田是通过刑法研究会结识武田信太郎的。"

"所以，就把武田信太郎和被害的田久保凉子联系起来了。您是这样考虑的吧？"

"是的。"

"不过，目前把他们联系起来的只是武田信太郎的一张名片。"

"但这是两年前五亿日元诈骗案中使用的同样的名片！"

"确实如此。不过……"

"在这三个人的关系上也许存在着别的因素，也许有别的人夹杂在里头。"

"是什么因素，有什么人呢？"

"如果知道便可以逮捕高田，阻止下一起案件的发生了。"

"您说的下一个案件是……"

"知道就好了！"

十津川狠狠地把烟头在烟缸里揉灭。

"从现在起我们做什么呢？"

"首先是吃饭。发生什么事都不要紧，就是肚子不能饿着。怎么样？龟井。"

"不要紧吗？"

"你指的是什么？"

"是下一个说不定会发生的案件啊！我们有吃晚饭的时间吗？"

"我觉得到半夜 12 点之前还不要紧。"

8

提前吃的晚饭是从附近餐馆送来的盒饭。这盒饭有点儿类似剧间休息时吃的盒饭。习惯一边吃饭一边看报的龟井，摊开一张不知是谁放在那儿的旧报纸浏览起来。突然，他"啊"地叫了一声。

"怎么回事？"十津川问道。

龟井把这张旧报纸拿到十津川面前："请看这儿。"

在龟井手指的地方，看到"胜浦海面尸体进网"的标题，下面的消息是：

今晨 6 点左右，在胜浦海面三十公里处，丰永丸（十吨）船长铃木晋吉的网里捞到一具男尸。尸体被绳索层层缠绕并系以重石沉入水中。警方认为尸体是由于海水的关系使绳索松弛而浮在水面才被网捞起。据警方调查，此人死亡已一年以上，尸体腐烂，面目无法辨认。死者年龄在三十岁左右，身高一米七，所穿西服上绣有"K·T"字母。警方在尽快确认死者身份的同时，已视为凶杀案开始侦察。

"原印刷工高梨一彦的字母拼写是'K·T'吧？"十津川自言自语地说道。

"是的。身高一米七也相符，一年以上的死亡时间也值得注意，因为高梨失踪是在一年零七个月以前。"

"这张报纸是 3 月 21 日的吧，是在我们这个案子发生之前啊！你去问问千叶县警，弄清了死者的身份没有?"

于是，龟井立即去打电话。十津川点上了一支烟在等着龟井。如果死者是高梨一彦，本案也许会稍有进展。

过了十二三分钟龟井打完电话回来了。他边看笔记本边说道："很遗憾，据说死者的身份尚未确定。"

"这么说不能断定是高梨了?"

"据说有一个男人很热心地来问过这具尸体的事。嗯，他叫中村朗，三十九岁，是在胜浦附近有别墅的青年实业家，经营着几家西餐馆。因为他是开着一辆红色的赛车来的，所以警察记得很清楚。这是负责本案的一位刑警说的。"

"中村朗?"

"是的。"龟井点了点头。

"是啊，龟井君！"十津川的眼睛闪闪发光，"高田所辩护过的人中有这个名字。中村朗，三十九岁，有伤害罪前科，经营'蜗牛'法国餐馆，除了总店以外还有三个分店。目前他驾驶红色小汽车在各处转悠，在千叶县有别墅。这不完全符合了吗！"

"肯定是同一个人。"

"中村朗对尸体的事情是怎么说的?"

"提了不少问题，最后却说不认识这个人。"

"这家伙在撒谎。死者十有八九是高梨一彦。"

"是否可以考虑是中村朗把他杀害后沉入海里的?"

"或是是高田指使他干的。"

"如果是这样的话，高田律师不就成了两年前五亿日元诈骗案的主犯了吗?"

"对呀，但没有证据啊！"

"这样不就可以逮捕高田了吗？"龟井劲头十足地说道。

十津川苦笑了一下："龟井君，还没到这个地步。因为没有证据啊！还是先审讯一下那个叫中村朗的人。喂，井上君！"

十津川招呼留在搜查总部的井上刑警，吩咐他去找中村朗，并把他带到搜查总部来。

9

龟井目送井上飞快地走出房间后问十津川："两年前五亿日元诈骗案中所使用的名片，会是山田印刷所的高梨多印了拿出去的吗？"

"恐怕是这样的。"

"罪犯不但利用了名片还杀了人？"

"是吧。问题在于是谁干的。"

"是高田律师吗？"

"如果是他就太好了。不过，现在还没有任何证据。胜浦的尸体是高梨这一点也只是想象而已。"

"但认为是高田干的不就全都符合了吗？"

"为什么？"

"两年前高田想利用武田信太郎的名片诈取一大笔钱，于是他指使山田印刷所的高梨一彦多印了几张武田信太郎的名片，用它从银行里诈取了五亿日元。之后他又把知情的高梨杀掉，把尸体沉入海中。现在还不清楚是高田直接下手的还是指使中村朗干的。"

"这与杀害田久保凉子有什么关系呢？"

"诈骗五亿日元关系到几个人。到银行去提款的就有两个人。其中一个会不会就是田久保凉子的丈夫？我认为，他们诈取了五亿日元之后由于分赃不均闹崩了，她丈夫感到厌烦而自杀了。凉子决心回老家去。她对使她丈夫自杀的高田一伙极为痛恨，带着两年前那件诈骗时使用的名片也许是打算威胁高田一伙。况且，凉子丈夫的自杀说不定是伪装成自杀的他杀呢。这样一来，对凉子来说，武田信太郎的名片就是她自卫的一种武器。她活着使高田感到危险，出于害怕高田便把他杀了。"

"有点儿道理。"

"不对吗？"

"不，很有意思。不过龟井君，还有几个问题。"

"暂时还不能证明田久保凉子就是蓝色列车上的女人。"

"不，这个问题过些时候会得到证明的。问题是两年前五亿日元诈骗案的时候，高田有自己的律师事务所，是名气最盛的时候，他为什么在这个时候行骗呢？"

"会不会急需一大笔钱呢？"

"是吗？"十津川歪着头望着龟井，"五亿日元是一大笔钱哪！他弄到这么一大笔钱生活必然会有所变化。可是就我们所调查的，在他的生活方面没有变化的迹象。"

"也许都存起来了。因为钱太多，马上动用会使人怀疑的。"

"高田到现在还把钱藏在某个地方？"

"是的。"

"这从高田的性格来考虑不是有点儿奇怪吗？这家伙属于权力志向型的人，并不是那种坐等几年时机的人。如果他拿到五亿日元这样一笔钱肯定会马上动用它。"

"那您是怎样考虑的?"

"两年前的大选是保守党获胜的。据说感到胜负难分和形势有些逆转的保守党为了这次竞选使用了巨额的选举资金。和以往一样,正式公布的金额很少。武田信太郎当时在干事长之下负责筹集资金,所谓论功行赏吧,因为他办这件事有功才当上了运输大臣。"

"这件事报纸上登了,我看过。"

"两年前武田本人在自己的老家鹿儿岛也参加了竞选。"

"这我知道。"

"当时他受党的委托在筹集资金,不可能有过多的时间离开东京。因此在野党在他的选区里就安排了一位强有力的新人。当时可以说武田是肩负着双重困难参战的。我从报纸上也预测武田将面临一场苦战。不过,武田当时的论调是感人肺腑的。他说看了刚才报纸的缩印版,恨不得马上回老家去参战,可他是为了整个党而战斗,所以要留在东京,即使他个人失败了,只要党能胜利就行。"

"这话确实感人。"龟井笑了。

"这种竞选是要钱的,可武田自己却没有这么多钱。因为他家既不是财主,又不开公司。他确实出生在一家西服店里,是长子。可这家西装店也倒闭了。虽然他当了法务委员,可这个委员会和权力毫无关系,他又说不上是候补大臣。企业是不会对这样的人拿出大笔钱来做政治捐款的。"

"这么说五亿日元是武田……"

"是不是可以这样推理呢?只要党提出要求,企业就会很高兴地把大笔钱捐献出来。武田是负责筹集资金的,对此深有感触。另一方面他自己为了获选也需要用钱,而且是一大笔钱。越是苦战需要的钱就越多,有句话说'四亿日元落选,五亿日元当选'，就是这样一场竞选啊！为此，武田向新近的高田挑明了计划，求他帮忙，恐怕连高田踏入政界一事都约定了。因为是筹集选举资金的人作的计划，所以银行受骗也就不奇怪了。"

"这么说五亿日元是武田用于竞选了?"

"我认为虽然也给了参与这个计划的人一小部分，但大部分都被武田竞选用了。平时动用五亿日元的巨款马上会被人怀疑。但是，竞选时大肆挥霍是不会被人怀疑的。因为这时人们的头脑很麻痹。"

"是武田让高田去执行的吧?"

"这一点到了明天下午2点42分就清楚了。"

"您说的明天下午2点是……"

"是武田乘下行的'隼鸟号'列车到达西鹿儿岛站的时间。"

"那您认为在蓝色列车上会发生什么事吗?"

"我想最好什么也别发生。"

十津川看了看手表，已经晚上9点30分了。这是下行的"隼鸟号"即将到达名古屋的时间。他很想自己乘坐下行"隼鸟号"列车，可是作为一名负责人不能随便离开搜查总部。而且他推测如果高田乘坐下行"隼鸟号"列车的话，樱井也会跟踪他。

井上打来了电话："中村郎失踪了!"

"怎么失踪了?"十津川大声地问道。

"中村郎经营的四家法国餐馆都挂起了停业的通知，通知上写着自3月27日起暂停营业。"

"从3月27日起?"这不是本案涉及的那趟蓝色列车离开东京的日子吗?

"在赤坂总店的中村郎的住宅里也没有找到他。"

"车子呢？那辆红色小汽车放在什么地方？"

"他的住宅和他所经营的餐馆都没有找到，我认为他是开着汽车到什么地方去了。"

问题是中村郎到哪儿去了，是否也准备乘坐下行"隼鸟号"列车呢？

第七章
逮捕证

1

下行的"隼鸟号"列车21点45分从名古屋正点发车，在漆黑的夜幕中向下一个停车站——岐阜飞驰而去。

晚上7点，武田到了餐车。在摄影师闪光灯的照耀下，他微笑着在盒饭上动了动筷子。然后他回到了自己的单间。他叫来神谷秘书长，和往常一样高傲地板着面孔，就进入鹿儿岛后的工作作出指示。

"在鹿西儿岛站上欢迎我的准备工作都安排好了吗?"

"布置了约一百名市民在站台上欢迎您。"神谷看着记录说道。

"一百人? 少一点儿吧。"

"不过，以市长为首的铁路局长等实权派人物都预定前来迎接。"

"那是当然的啰!"

"是的。您毕业的T高中的管乐队将演奏曲目欢迎您。"

"T高中的管乐队也来吗?"

武田一下子绽开了笑容。他最喜欢热闹。

"您将在站内接受小姐的献花，并作很短的致词。"

139

"发言稿呢?"

"已经准备好了。"

神谷将装在信封里的稿子交给武田。

武田哗啦哗啦地翻阅着五张纸的讲稿说道:"你好像还很不了解我这个人。"

"啊?"

"我是一个因为亲民而受民众拥戴的政治家。我想要的是对老人们讲话那样的稿子。这样的开头哪成啊!什么'鹿儿岛县的工业发展引人注目了'!这样的讲演有谁要听?马上给我改写。"

"明白了。"

"在鹿儿岛电视台谈话的人定下来了吗?"

"定下来了,是按您指示的人选。"

"记者们在干什么?"

"他们说到西鹿儿岛以前没有什么可采访的。"

"是嘛,他们有点儿放松啊!"

武田打了个哈欠。

"您累了吗?"

"肩膀发僵,想叫栗桥小姐给按摩一下。一会儿你叫她到我的单间来一下。"

2

在大阪东区,一个小时前高田进了畑中宝石店就再没出来。

这是一座三层小楼,一层是宝石店,二层和三层好像是住宅。

櫻井在宝石店对面的一家咖啡店挨着窗户坐下。从这里可以看到宝石店陆续地有那么两三名顾客，还有三名店员在接待他们。高田可能是从里面上了二楼。櫻井看了看手表：快到晚上 10 点了。他想，如果按十津川所说的高田准备从大阪乘坐下行"隼鸟号"列车，应当在一小时之内出来的。他向前来送咖啡的女招待打听了一下，得知这家宝石店营业到晚上十点，便点上了一支烟。

时间慢慢地过去了。

宝石店的一位店员走出门叫住了一辆出租车。櫻井以为是高田委托店员叫的车，于是他抬起身子，但车是为一位中年女顾客叫的。

三十分钟过去了。

高田仍然没有出来。这时，宝石店开始放下卷帘式铁门。櫻井突然有一种不祥的预感。于是他飞快地跑出咖啡馆，穿过马路到宝石店前，问一位正在放铁门的男店员："刚才有一位叫高田的律师进里面去了吗？

"是经理的客人吧？"

"对。这个人还在吗？我有点儿急事找他。"

"已经回去了。"

"回去了？从哪儿走的？"

"从后门出去的。"

"有后门吗？"

"后门不常用。不过他说被一个可疑的家伙跟踪，所以就从后门出去了。"

"知道去哪儿了吗？"

"不清楚。"

这个畜生！櫻井恨得咬牙切齿。高田知道自己被跟踪了，他如果逃跑的话就不会在这儿转悠。樱井叫了一辆出租车，不顾一切地急奔大阪站。

到了车站，他把几个一百日元的硬币投进站内公用电话里，拨了东京搜查总部的电话号码。

"我被高田甩掉了，真对不起！"

樱井向十津川汇报。他的头直冒冷汗。

"这哪像是你？"

十津川的声音很镇静。

"我一心认为他即使走出后门也一定会转到前面来，所以失败了。"

"你上当了！"

"啊！"

"我认为高田还在店里。当你听说他从后门走了而慌慌张张地奔向大阪站以后，他才不慌不忙地出了宝石店。"

"畜生！"

樱井后悔地咂了一下舌头，要是相信自己的眼睛就好了。

"好了，好了。"电话里十津川安慰似的说道，"高田总会乘坐下行'隼鸟号'列车的，你也从大阪上同一趟车吧。"

"要是他没有乘坐那趟车怎么办？"

"如果他没有上车就可以认为不会发生什么案件。你坐到九州，来一趟乘坐蓝色列车的愉快旅行吧。"

"明白了。"

樱井放下话筒，抬眼看看站内的时钟。离下行"隼鸟号"列车的到达还有一个多小时的富余时间。他在售票口买了下行"隼鸟号"的车票——二等卧铺的加急票，心里还在琢磨着：高田真会乘坐这趟蓝色列车吗？

3

22 点 05 分，下行的"隼鸟号"开出了岐阜站。

十津川对比着写在黑板上下行的"隼鸟号"的时刻表和墙上的挂钟。真没有办法，自己没有乘坐那趟车，总觉得时间过得慢腾腾的，实在急死人。高田或许会乘坐这次车的，只要他坐上去樱井就会掌握他的动向。现在的问题是高田的朋友，比如中村朗，他在哪儿呢？他会不会已经坐在下行的"隼鸟号"里，正在干着什么勾当？

"警部，喝咖啡吧。"

龟井把自己煮的咖啡端了上来。

"谢谢。"

"请您稍微休息一下吧。下行'隼鸟号'列车里的事在这里干着急也没用，况且还有樱井在车上呢。"

"这我知道。蓝色列车上不能打电话，在这种时刻真不方便啊！"

十津川喝了一口没有加牛奶的咖啡。

"您不是说在高田坐上下行'隼鸟号'以前可以放心吗？"

"确实如此，但……"

"据说东海地区的缺水状况仍然很厉害。"

"为什么谈起这个？"

"如果到零点还没事，我想把思路从这个案子脱开一下，怎么样？"

"从这个案子上脱开一下？"

"我想，既然解不开蓝色列车之谜还要一味地去想它，就会使思路失去灵活性，不是吗？"

"你讲得好！好啦，从现在起把这个案子忘掉十分钟。"十津川微微一笑看着龟井，"那就听你讲一讲东海地区缺水的事吧。"

"自去年年底起东海地区几乎没有下过一场像样的雨，名古屋市从上月 15 日起实行每天六小时限量供水，其他城市也一样。"

"好厉害啊！如果这里是名古屋，也许这咖啡就喝不上了。"

"听说除了自卫队自己有供水汽车外，各县市都装备了供水车，拼命地拉水，连运石油的油罐车也用来装水了。东海地区经常遭台风袭击，而今年人们却祈祷着台风早些到来。"

"……"

"您怎么了？"

"我想再喝一杯咖啡。"十津川说道。

在龟井倒咖啡的时间里十津川凝思着，龟井倒完咖啡他依然凝视着天花板。

"咖啡倒好了。您怎么了？"龟井担心地问道。

"是供水车啊！龟井君。"

"是的，在东海地区供水车十分活跃。"

"不，是关于我们这个案子的事。"

"已经过了十分钟了吗？"

"不是的。我是说亏了你，本案的一个谜好像解开了。吹田君！"十津川招呼着年轻的见习警部，"你也来想一想。那个多摩川的溺尸在水中浸泡了五小时之谜我想会不会是利用供水车，你怎么看？"

"您说是供水车？"

"把油罐里的石油放掉，装进水代替石油，如果其中扔进田久保凉子的尸体，那么运输的时间不就是尸体浸泡在水里的时间吗？"

"对啊！"

吹田的眼睛闪闪发亮。

"况且，供水车如果是用油罐车改造的，挂着'危险'的牌子，那它在公路上高速行驶也不会有人感到奇怪。"

"可罪犯是怎样把坐在下行'隼鸟号'上的田久保凉子弄下车的呢？"

"肯定是在冈山站。"

"在冈山站下车的不是高田和吃了安眠药的记者青木吗？"

"不，不是的。高田在冈山站把在单间卧铺房间里呛死的田久保凉子弄下车，他把凉子装扮成让人看上去以为是身体不适的旅客，因为凉子在女人中算高个子，所以给她披上男式大衣戴上帽子就可以装扮成男人的样子。"

"可是，警部！青木说他在冈山站被人弄下车，然后被移入晚一小时十五分的下行'富士号'列车。我看他同罪犯不是一伙的，也不像是在说谎。"

"当然他同罪犯不是一伙的，但罪犯就是要使人认为他是在冈山站被弄下车又被移入另一趟蓝色列车——'富士号'上的。"

"如果反驳青木的证词呢？他说发现自己乘坐的不是'隼鸟号'而是'富士号'，是因为列车通过车站的时间不对，同时单间卧铺的乘客也变了。"

"青木说过，他的手腕上被人注射了安眠药，所以在冈山站被人弄下车时毫无察觉。可我认为注射的不是安眠药。"

"您认为注射的是什么呢？"

"罪犯在青木的威士忌里放了安眠药，使他服后入睡，并把他的手表拨快了一小时十五分，即成了'富士号'的行车时间。但是青木一直昏睡不醒，没办法就给他打了针。我认为注射的不是安眠药而是清醒剂。结果，醒来后的青木看到窗外的站名和手表的表针感到纳闷。当他走到通道上，别的单间里乘坐的乘客又告诉他这次车是'富士号'。这样的话，不论是谁也会觉得：有人给他喝了安眠药还打了针，在其熟睡期间把他从'隼鸟号'列车上弄下来移入了'富士号'上。而且，青木去冈山站又听货运工作人员说，当天看见有两个人从下行'隼鸟号'上下车，于是他就更加相信自己的推理正确了。"

"那么，装田久保凉子尸体的供水车是事先就准备好，等在冈山站的吗？"

"是的。或者是等在大阪或名古屋站，用别的车从冈山站运到那里。比如，用中村朗的赛车。"

"从冈山站到东京多摩川遗弃尸体的现场约有七百公里。下行的'隼鸟号'列车到达冈山站的时间是半夜 2 点 25 分，而那位老人在多摩川发现田久保凉子的尸体的时间是刚过上午11 点，用八小时间跑七百公里来运送尸体。"

"汽车以时速八十公里的速度行驶是飞跑吧？这不是不可能的。半夜是公路的空闲时间，恐怕走的是名神和东名高速公路。不过需要两个人开车，一个人跑八小时可够呛啊！"

"警部！"龟井插了一句。

"什么？"

"我认为驾驶供水车以每小时八十公里的速度飞跑到东京没有什么困难，因为大卡车的司机深夜在高速公路上每小时要开一百公里左右。但我觉得奇怪的是只为了杀死一个女人特意去准备一辆供水车，这不是有点儿反常吗？"

"确实如此。你的疑问换句话说，就是罪犯为什么一定要盯住蓝色列车？如果把田久保凉子在乘坐蓝色列车之前就杀死的话，就不需要供水车，也没必要特意从冈山运到东京来，是这个意思吧？"

"是的。"

"关于这一点我有一个想法，这以后再说。可是罪犯为了盯住蓝色列车还必须有一个条件。"

"必须有几个同犯！"

"对，咱们想到一起去了。那么，得有几个同犯呢？让我们来计算一下。"

十津川站起来走到黑板前，拿起粉笔并排写下一到十的数字，并在"一"的下面首先写上了高田律师。

"第二个人物是冒充田久保凉子、拿她的车票到西鹿儿岛站的那个女人。"吹田说道。

十津川在"二"字下面写上了"田久保凉子的替身"。

"青木醒后在通道上遇到两个人。"龟井说道，"他们是原田久保凉子坐在八室里的一位穿和服的女人和从原高田律师坐的九室里出来的五十来岁的男人。"

"不，还有一个人。"十津川说道。

"是谁？"

"乘务员！"

"但是，乘务员……"

"也许是冒充的人，如果是真乘务员，说不定他会记得田久保凉子的。"

"是这么回事。这样的话，那就是穿和服的女人、五十多岁的男人、再加上那个冒充的乘务员。请您把这些人写下来看看好吗？"龟井说道。

十津川写了起来，突然他又停下笔，"这没有什么意义吧!"

"为什么?"

"想想看,单间卧铺车厢里有十四个房间,假如青木到通道上遇到的不是这三个人而是另外的乘客,他们的计划岂不就失败了吗?"

"您是说全部单间里坐的都是同犯?"吹田非常吃惊地看着十津川。

"是的。我判断,罪犯们也想让同伙坐进青木坐的那个七室单间,这样就可以放心地去杀害凉子了。然而预订单间卧铺票时七室的票已经被卖出去了,所以青木这位乘客对他们来说就成了麻烦。为此,他们急急忙忙地买了'富士号'七室的车票,耍了这么一套极其烦琐的把戏。"

"我觉得这很有意思,可是……"

"不对吗? 龟井君。"

"还是刚才的那个疑问,只为了杀害一个女人竟有十三个人把同次列车的单间卧铺票都买下来坐了上去,我认为这太过分了。而且,出于偶然七室里坐进了一个叫青木的记者,使他们必须耍这么一套把戏。杀人的方法越复杂就越容易出破绽。尽管他们煞费苦心地耍了这套把戏,现在还是被我们抓住了尾巴。"

"说下去,龟井君!"

"不搞得这么麻烦,在田久保凉子乘坐蓝色列车之前,或者她到了西鹿儿岛之后杀死她不行吗?"

"对。"十津川点了点头,

"像你说的那样,除非是笨蛋,否则就不会只为了杀一个人而搞得这么麻烦。"

吹田皱起眉头问十津川:"这样会是什么结果呢?"

十津川斩钉截铁地说道："青木说自己是在冈山站被人弄下车的，这不对。被弄下车的是田久保凉子，肯定没错。"

"那么说下行的'隼鸟号'列车的单间卧铺车厢都被高田及其同伙占据了？"

"如果不是这样的话，就不可能使青木相信他被移入了下行'富士号'列车。"

"可这不是为了杀害凉子……"

"是的。正如龟井君所说，为了杀害她一个人这么做就太过分了。"

"那是为了什么呢？"

"多半……"十津川望着空中，"多半是为了预先演习。"

4

"难道您是说为了杀害武田大臣作的预先演习？"

吹田沉下了脸。

"还有别的考虑吗？"

十津川反问了一句，吹田低头不语。十津川接着说道："武田信太郎就任运输大臣不久便宣布要乘坐夜行列车回家。"

"各报都刊登了这条消息。"龟井说道。

"高田憎恨武田大臣。如果这种憎恨已达恨之入骨的程度，那么他想在大臣隆重地回家之时把他干掉也并不为怪。干掉大臣的地点选在了蓝色列车上。为此必须详细了解蓝色列车，特别是武田信太郎将要乘坐的单间卧铺车厢的构造情况。于是，他考虑在武田大臣参加国际会议未回国时进行一次预先的演习。"

"这就是3月27日了？"

"是的。高田想和同伙占据全部单间自由地进行演习，然而，富有声望的单间偏偏只有这么一间的卧铺票被记者青木买走了。我认为，尽管如此他们仍然想干下去，因为其他日子也无法保证把下行'隼鸟号'列车的单间卧铺全包下来。"

"关于被认为运送尸体的供水车也不是为凉子准备的，而是为了计划杀害武田大臣准备的了？"

"这样考虑就可以理解了。为预先演习准备的供水车只是偶然用它来运送田久保凉子的尸体的，对吧？"

"那么今天高田他们企图杀害武田，供水车就是为了运送武田大臣的尸体的了？"龟井凝视着十津川问道。

"啊，也许是的。"

"究竟打算怎样利用供水车呢？难道也打算在列车上杀死武田，再从冈山站弄下车，然后用供水车运到东京扔进多摩川里吗？"

"不会的。"十津川否定了这一点，"特意把田久保凉子的尸体扔进多摩川的目的是为了不让人们知道她乘坐过蓝色列车。高田他们认为如果武田信太郎知道了在开往西鹿儿岛的蓝色列车的单间里曾有乘客被害，就会放弃乘坐同样的蓝色列车回家的计划。但是大家都知道了武田大臣今天已经在蓝色列车的单间卧铺车厢里了，所以就没有必要特意将他运到多摩川去了。"

"他们计划把供水车停在道口，使列车中途停车！"吹田对自己的想法好像很自信，"东海道线与新干线不同，有许多道口。如果供水车以出了故障为名停在道口，列车就会中途停车的。"

"很遗憾，这也不对。"

"为什么？"

"因为要使列车中途停车没有必要非用供水车不可，用一般卡车就可以了，何必特意去动用难以弄到手的供水车呢？再说，只要放个烟幕弹列车也会停下来的。况且如果是像你说的那样，3月27日做预先演习时下行'隼鸟号'就应该在某个道口停车，可那趟车并没有发生这种情况啊！"

"那么，他们打算怎样使用供水车呢？"

"不知道啊！不知道蓝色列车和供水车之间的关系。"

"把3月27日当作预先演习的话，是否可以认为田久保凉子一开始也是高田他们的同伙呢？"吹田一边思索一边说道。

"这样考虑是恰当的。肯定是这样，随着27日的即将来临，高田认为凉子也许会背叛他们，于是动了杀机。"

"凉子既然意识到会被杀害，那么又为什么要乘坐下行'隼鸟号'列车呢？"

"理由可以认为有两点：一是她自认为别人还不知道自己要背叛；再是由于在东京受到同伙的严密监视没有逃跑的机会，于是她装作执行他们的计划而坐上下行'隼鸟号'列车，想到九州后再躲藏起来。"

"《时代周刊》的记者青木说，凉子在餐车上见到高田时脸色都变了。如果她是高田的同伙，而且是为了预先演习才乘坐下行'隼鸟号'列车，那她为什么见到高田要害怕呢？"吹田歪着头问道。

"就是这一点！"十津川突然提高了嗓门。

"啊?"吹田吃了一惊。

"我也正在考虑这一点。凉子肯定是高田一伙的，我还认为她知道乘坐3月27日的下行'隼鸟号'是为了今天的预先演习。正因为如此，尽管一号车厢里都是他们的同伙她也没有逃跑。但为什么她见到高田后脸色都变了呢？"

龟井从一旁插道："会不会是在最初的计划里决定指挥者高田不乘列车？"

"嗯，嗯！"十津川应允着，"只有这种可能。决定不乘坐列车的高田突然出现在餐车上，凉子认为自己的出逃计划被人知道了，所以吓得脸色都变了。"

"如果是那……那样的话，警部……"

十津川向着兴奋得只说出半句话的吹田说道："你想说的话我知道了。你是想说，高田会不会今天不乘列车？"

"是的。"

"有这种可能。听说高田去了大阪，我以为他一定会从大阪乘下行'隼鸟号'列车。可是同樱井联系以后，他说高田不像是要乘车的样子。"

"指挥者不乘坐关键的列车！这是怎么回事呢？"

龟井哭丧着脸说道，而事实确实如此。

"会不会是高田先在什么地方等着列车，到时候再往一号车厢里扔炸弹呢？"

吹田的这番话像他的年龄一样，确实不够老练。

十津川摇了摇头，"向乘车的同伙扔炸弹？不可能的事。况且蓝色列车是以每小时近百公里的速度飞驰在黑夜中，扔炸弹也未必能命中啊！"

"那就是说指挥者是在列车外指挥作案？"龟井问道。

十津川摇了摇头，"它和新干线不一样，从外面是不能用电话同蓝色列车里的乘客取得联系的。"

"可是，指挥者高田不乘坐列车一定有别的理由吧？"

"对！我现在就是想知道这个理由，指挥者高田在列车之外究竟起着什么作用。"

至今还有许多细节都不清楚，所以就无法知道高田一伙的全部计划。

　　"还有一些不明白的地方。"吹田说道。

　　"什么?"

　　"下行的'富士号'的乘务员掉入隅田川淹死仍被认为是他杀吗?"

　　"不能做其他考虑。"

　　"如果是他杀,那么杀害他的理由呢? 青木如果没被移入下行'富士号'列车的话,那他应与本案无关。"

　　"可以考虑两点:第一,正因为无关才被害的。因为'富士号'在冈山站也有规定停车。如果他证明无人上车那不就真相大白了吗? 所以,才把他干掉。第二,我的看法是乘务员在某种意义上同高田一伙有过联系。目前蓝色列车很有声望,二等卧铺还容易弄到手,但是想一次弄到车里十四个单间的全部卧铺是相当困难的。认识与国铁有关的人也许会好办些。如果死去的乘务员是高田一伙的,票就容易搞到手了。"

　　"这么说,那天'隼鸟号'是由博多列车段负责,而'富士号'是由东京列车段负责的了。如果是东京的乘务员,那他是高田的朋友也就不奇怪了。"

　　"再有一点,"十津川补充道,"这位乘务员之所以被害也许还因为今天的下行'隼鸟号'的车票也是他搞到的缘故。"

　　"除了武田一行五人以外,其他单间都被高田一伙占据了?"吹田瞪大眼睛盯住十津川问道。

　　"也许是这样的。"

　　"这件事就大了,应该马上和下行'隼鸟号'取得联系,从东京站调度室是能够和列车联系上的。"

　　"联系上了又怎么办?"

　　十津川这句败兴的话使吹田瞠目结舌。

"警部，一国的大臣处在危险之中啊！难道我们就这么待着不动吗？"

"所以，我才说打算怎么办？"

"对单间卧铺的一伙人进行彻底检查。如果是上飞机，对携带物品检查得相当严格，所以把凶器带上去几乎是不可能的。而列车呢，有票就可以上车。因此，首先有必要彻底检查单间卧铺。"

"恐怕什么也查不出来，对方不是干那种蠢事的人！"

"其次，调查全部乘客的身份。高田的同伙不是他曾辩护过的人吗？所以，有必要作这样的调查。"

"这样做了再怎么办？硬把他们撵下车？他们没有携带凶器又有车票，也不是通缉的罪犯，只凭他们曾委托同一律师进行过辩护就硬把他们从列车上撵下来？再说检查携带品这也是不可能的。因为在列车上也许会发生案件始终是我们的想象，并不是因为我们收到了什么恐吓信或检举信。"

"那就什么都不干了？"

"别那么咬住不放，发个警告倒是可以的。不过，武田信太郎能否相信呢？"

"只要说明原因，他会相信吧。"

"说明原因？"十津川苦笑了一下，"怎么说？告诉武田信太郎：五亿日元诈骗案的真正罪犯就是您，因为高田对您十分痛恨要袭击您，所以请您留意？"

"那么，您打算怎么办呢？"

吹田明显是着急了。

"列车上有两名安保人员，他们都是有名的神枪手，樱井也从大阪上了这趟车。"

"这样就可以放心了？"

"我相信他们。"

"就这些?"

"问题是高田一伙有什么计划。他们明明知道有两名安保人员保卫，也许还会预料到列车上还乘坐着两三名警察。尽管如此，高田仍然坚信自己的计划能够成功，这是一个什么样的计划呢? 如果能想象得到就可以提醒樱井注意。"

十津川看了看手表，22 点 46 分了，离下行的"隼鸟号"列车到达大阪的时间还有一小时二十分钟，在这段时间里能够识破高田一伙的计划吗?

近 23 点时，井上刑警打来了第二个电话，"关于中村朗的汽车一事，我询问了赤坂署交通股，说是由于他的车出了交通事故，目前正在被通缉中。"

"肯定是中村朗的那辆汽车吗?"

"肯定是。事故出在三号京（东京）滨（横滨）公路靠近横滨的地方，负责处理这件事故的是神奈川县警，他们也请了中村住家所在地的赤坂署协助。"

"是什么样的事故?"

"人身事故。汽车把一位六十五岁、正在横穿马路的老太太撞了后逃跑了。事故的目击者记住了车号。"

"事故发生在什么时候?"

"是昨天早晨 6 点左右。"

"好吧。我在这里再向神奈川县警打听一下详细情况。"十津川挂断了电话后转向龟井，"中村朗开的那辆车发生了一起交通事故。"

"这件事对我们有什么用处?"

龟井说出这句话有点儿轻率，也许是由于他对现在正在行驶在远方的"隼鸟号"列车无可奈何而感到烦恼。

"不知道啊！现在我的心情是连一根稻草都想抓住啊！"

十津川故意用开玩笑的口气说道。他又拿起话筒拨通了神奈川县警的电话号码，找到了搜查一科的小松原警部。小松原曾是他大学的同学。

"我问一件和你们交通股有关的事，就是昨天早晨一个叫中村朗的男人驾驶一辆汽车造成了一起人身事故。"

十津川一开口，小松原就说道："这个案子在两小时以前已移交给他们了。"

"被害人死了吧？"

"啊。手术看来是成功的，可是并发肺炎成了致命原因，她在两小时以前死去了。"

"是过失致死吗？"

"不，我不这么认为。因为汽车是以超过限速三十公里的速度撞向在绿灯下横穿马路的老太婆，我认为是杀人案，至少算伤害致死。"

小松原的声音里带着怒气。

"那么找到那辆肇事的车子了吗？"

"在横滨车站附近发现了那辆被遗弃的汽车，右前部被撞坏，车号相同，就是中村朗的那辆汽车。"

"逮捕证呢？"

"去更换'因开车撞人后逃走'的逮捕证了。我想把这个案子作为一起杀人案，因为他无视交通信号，撞了一位毫无防备的六十五岁的老太太。"

"新的逮捕证什么时候发下来？"

"一小时之后就能发下来。这和你们也有关系吗？"

"中村朗也是我们要追捕的人。"

"什么嫌疑？"

"杀人嫌疑。不过，我们这儿始终处在嫌疑阶段。一小时以内肯定会发下新的逮捕证来吧？"

"啊，肯定。你要做什么？"

"这件事以后再向你说明。总之，多谢了。"

十津川放下电话，微笑着把头转向龟井和吹田："终于找到突破口了。"

"突破口？"

吹田的眼睛闪闪发光。

"我们目前是干看着下行的'隼鸟号'列车而毫无办法，因为不能只凭高田一伙也许要袭击武田大臣的猜测去检查列车上的乘客和卧铺车厢的单间。但是，如果是怀疑轧死六十五岁老太太的凶手中村朗逃入下行'隼鸟号'列车的话，则另当别论。"

"中村朗有可能上这趟列车吗？"

"我判断他昨天开快车的目的就是打算在中途站上乘坐下行'隼鸟号'列车。据说汽车被遗弃在了横滨站附近，而下行'隼鸟号'列车是在横滨站停车的。"

"是这么回事。"

"况且即使中村朗没在这趟车上也不要紧，我们可以假设他在车上，这样就能对车内进行搜查，这一点很重要。"

"我去搞一张中村朗的照片吧。"龟井领会了十津川的意图站起身来，"他有前科，我去把他的前科照片卡借来。"

不一会儿，龟井就拿回来中村朗前科卡片的复制件。十津川立即吩咐龟井："如果和樱井联系上了就把中村朗的相貌特征告诉他。"

0 点 08 分樱井打来了电话。他说："我现在是借大阪站工作人员办公室的电话打的。"

"还没有看到高田吗?"十津川问道。

"还没有。站台上除了来拍蓝色列车照片的孩子们以外还有几名乘客。"

"不管高田是否出现,你都要乘坐下行的'隼鸟号'列车。有个叫中村朗的三十九岁的男子是高田的同伙,他有可能在这趟列车上。神奈川县警因他开车撞死一位六十五岁的老太太后逃逸发出了逮捕证。你上车后,请列车长协助一下查查他是否藏在列车上。藏在卧铺车厢的单间里的可能性很大,所以要彻底搜查。顺便核实一下高田及其同伙是否在单间里。"

"明白了。不过,我不知道中村朗的长相。"

"由龟井向你详细说明。"

十津川转手把话筒交给了龟井。

第八章
胁从者

1

大阪站站台上的时钟指针指着 0 点 03 分。还有五分钟下行的"隼鸟号"列车就要进站了，但高田仍没有露面。樱井的表情逐渐变得严峻了。难道十津川认为高田该乘坐下行"隼鸟号"列车的想法错了吗？

站台上冷冷清清。到九州去的话，明早可以从这里乘新干线到博多；到鹿儿岛去还可以乘坐飞机。谁还会特意在夜间乘坐夜行列车呢？

有三个孩子站在站台前方等待着下行"隼鸟号"的到达。他们大概就是青木报道中出现的"三人帮"吧。

这时两名铁路警察走上站台，站在了单间卧铺车厢将要停靠的地方。这可能是对武田运输大臣采取的一种保卫措施，恐怕下行"隼鸟号"所有的停车站都有这样的警戒。乘坐蓝色列车回家的武田本人倒是轻松安逸，而周围却是气氛异常。尽管武田对国铁方面讲回乡属于私事不必费心，但国铁却不能什么都不做。

比正点晚了两分钟，带有车头标记的下行的"隼鸟号"列车缓缓驶入站台。

高田一直没有露面。他不打算坐这趟车了吗？樱井左思右想。他重新考虑：即使高田不在大阪上车也可以在京都上车。从大阪到京都，坐出租车十分钟即可到达。

列车停稳，各车厢的门都打开了。单间卧铺车厢上无人下车，别的车厢也总共才有两个人下车。各车厢的窗户都放下了窗帘，除了少数蓝色列车爱好者以外绝大多数旅客都入睡了。

樱井打听到列车长在七号车厢就上了七号车厢。上车后，他立即找到列车长拿出证件说道："我是东京警视厅的刑警樱井，请您务必协助一下。"

"我叫大西。有什么事情？"小个子的大西列车长紧张地看着樱井问道。

樱井一边用手指尖往上推推眼镜一边说道："一会儿我会把情况告诉您，先请问一下列车在这个站上的停车时间长吗？"

"停车四分钟。因为要在这里上水，所以需要些时间。"

"只在这个站上水吗？"

"不。到终点站之前要上六次水。"

"这六次是所有的车厢都上水吗？"

"不是的。那样时间就太长了，所以采用了分段上水的办法。在这个站只能给十到十五号车厢上水；在冈山站是给四到九号车厢上水。"

"列车从东京到这儿期间没有出现什么可疑的事情吧？"

"什么事也没发生。"大西直截了当地回答。

这时开车铃声响了，各车厢都关上了车门。在这期间仍然看不出高田坐上了这趟车的样子。

列车开动后樱井接着对大西说道："现在有件为难的事，不得不请您帮忙。"

对方默默地听着。

"有情报说有个杀人犯上了这趟车。这个人叫中村朗，好像是从横滨站上的车。"

"杀人犯！杀了谁?"

"一位六十五岁的老太太，是肇事逃逸。因此，想请您帮助查一查中村朗是否藏在这趟车的乘客里。"

"有罪犯的照片吗?"

"没有。因为来不及等照片了。不过，我知道他的特征。请您记一下：年龄三十九岁，身高一米七五，体重七十五公斤。体格健壮，头发很密，偏分头。浓眉，鼻子很高，长得有点儿像政治家 K。不戴眼镜，嘴唇较厚，在嘴的右端有一颗相当大的黑痣，这是一个特征。另外还有一点，他在年轻时曾加入过流氓集团，手伤过，手背上有条五六公分长的伤疤。"

"那么具体该怎么做?"

"想在您的帮助下把他查出来。"

"现在是半夜，大部分旅客都睡觉了。我想总不能挨个叫起来问吧?"

"这次车里坐有多少乘客?"

"大约有五百人。"

"真不少啊!"

"等到天亮吧！因为一过 6 点就都起来了，现在一个个地把他们叫起来恐怕要引起混乱。特别是二号车厢以后的二等卧铺，叫起一个人来周围的人也都会起来的。"

"先查一号车厢的单间。"

"不过，今天特别……"

"我知道，是运输大臣一行吧？正因为如此，才要首先查一号车厢。因为罪犯是个很凶残的家伙，说不定会干出什么事来。"

"真的吗?"

大西列车长的脸色都变了。

"有可能的。稍有疏忽他就很有可能把大臣当作人质或把大臣杀害的。"

"他带凶器了吗?"

"有这种可能。所以,尽管是半夜也要尽量搜查。"

"难道连大臣的单间也要查吗?"

"大臣和秘书长以及负责警卫的安保人员的单间除外。"

"对中村朗的逮捕证发下来了吗?"

"发下来了。"

"那么干吧。如果乘客能予以协助就好了。"

大西先站起来向一号车厢走去。

二等卧铺几乎所有的铺位都拉起了帘子,能听见呼呼的鼾声。其中也有坐在那儿正小口小口地饮着威士忌的中年乘客。

列车轻微地左右摇动着车身在黑暗中弃驰着。在狭窄的通道上行走要有点儿窍门,大西很好地保持着身体的平衡走在通道上,而樱井却不得不时时抓住通道两边的扶手行走。

樱井一边在通道上走着一边问大西:"同车外怎么联系?"

"通过无线电话和综合调度室联系。不过……"

"不过什么?"

"因为出了故障暂时不通。"

"是被人弄坏了?"

"不,一开始就不太好用。现在终于不通了。好在不经常使用。"

"这么说来列车在运行中是无法同外界取得联系了?"

樱井显得有些狼狈。

第八章 胁从者

"是的，毫无办法。"大西满不在乎地说道。

他们走到一号车厢。一进门是乘务室，大西敲了一下门，一位躺着休息的乘务员马上走了出来。大西对这位叫松下的乘务员说明了情况，松下说："如果乘客能给予帮助就好了。"

从乘务室到并排着十四个单间的一号车厢必须打开另一道门。打开门，他们走上铺着地毯的通道。十四个单间的门全都关着，门窗上由里面挂着帘子。

"从里头起到我们这儿是一至十四室，一至五室是大臣一行使用的。从我们面前的十四室开始吧。"

大西说了句"好吧"，于是松下就敲了一下带有"十四"两字的面前这个单间的门。

"谁啊?"

里面的人幸好没睡，这是个男人的声音。

大西很有礼貌地回答："我是乘务员，请把门打开，有点儿事儿。"

挂在门上的帘子打开了，露出一位穿着睡衣的中年男子的面孔。他揉了揉眼睛，确认了站在通道上的是乘务员后，便开锁把门打开了。

"什么事儿?"

樱井向问话者出示了自己的证件："有个罪犯逃进本次列车，我们正在搜查。他叫中村朗，是在东京经营法国餐馆的男子。"

"我不是啊!"

这名中年男子笑着摇了摇头。

"请问您的姓名和住址。"

"有这个必要吗?"

"请您协助。因为没有中村朗的照片。很抱歉，想确认一

163

下您的姓名和住址。"

"田村一平，四十岁，家住东京都台东区池端一号，我是一个很普通的公司职员。"

他的话音里带着怨气。

"您带身份证了吗？"

"我在休假旅行没有带身份证，难道不可以吗？"

"不是。能看一下您的车票吗？"

"啊。请吧！"

男人取过上衣，从衣袋里掏出车票给樱井看，是到西鹿儿岛的车票。

樱井透过他的肩膀向单间里窥视了一下，不像有什么人藏着的样子。

2

0 点 45 分搜查总部的电话响了，所有人的视线一下子都集中到这部黑色的电话机上。十津川取下话筒。

"这里是三宫站。"

这是一个带着关西口音的男人的声音。

"三宫站？"

"是东海道干线的三宫站。我是副站长笠原。"

"啊，知道了。我叫十津川，有什么事吗？"

"下行的'隼鸟号'九分钟前开出了我站。"

"车上发生了什么事吗？"

十津川不由自主地提高了嗓门，周围的刑警们也都侧耳倾听。

"开出我站时没有发生什么事，只是列车长交给我们一个信封。上面写着樱井刑警的名字。"

"他是我们的人。"

"因为信上写有电话号码，让我们同这里联系，所以我就给你们打了电话。"

"信上写了什么?"

"现在我给您念：我由大阪上车，无高田律师上车的迹象。但有从京都上车的可能。现已查完单间卧铺车厢里的九名乘客，八男一女，其中无高田和中村朗。以下写有九个人的姓名和住址。"

"请念一下。"

十津川准备好圆珠笔，把对方念得很快的名字记在记录本上。写完后他又问道："是否有办法和下行的'隼鸟号'取得联系?"

"列车上有无线电话可以同东京的综合调度室联系。不过那次车上的电话坏了，无法使用。"

"这么说是无法联系了?"

"可以在下一个停车站联系。"

"下一个停车站就是冈山站了?"

"对。2 点 25 分到。不过那里没有乘客上下车，因为是规定停车，只进行司机交班、装卸货物及上水作业。"

"这我知道。如果在到冈山站之前列车发生了什么事情，用什么方法联系呢?"

"在通过站扔下信袋。"

"好。从三宫到冈山之间有多少车站?"

"二十九个。"

"站间的距离呢?"

"列车行驶要三到五分钟左右。"

"这样的话，即使列车上发生了什么案件，最晚在三五分钟后也就能知道了。当然，这必须是乘务员或樱井处于能发出信件的状况下。"

十津川谢过对方就挂上了话筒。

"高田没在车上，这是怎么回事呢？"

吹田紧锁双眉看着十津川。

"不能肯定他没坐在车上，也许坐在二等卧铺车厢里。"

"可高田是罪犯们的总指挥啊！"

"对。"

"我认为要对武田采取什么行动的话，应当是由一号车厢的乘客展开行动，而指挥不在那里实在叫人无法理解。"

"你认为高田没在车上？"

"是的。"

"你是说下行的'隼鸟号'列车上不会发生什么事情？"

"不。我认为高田制定了杀害武田大臣的计划。他准备让我们认为下行的'隼鸟号'列车里会发生什么事情，而他却打算采取别的方法。"

"别的方法是……"

"是这个。"

吹田用双手做了个射击的姿势。

"狙击？"

"是的。夜间不行，可天一亮有多少可以狙击的机会啊！"

"狙击每小时行驶近百公里的列车？"

"刚才我查了一下，比如在熊本，'隼鸟号'列车要翻过许多坡道，为了翻越山岭连续出现六道弯时车速会减慢。此时狙击最好。而且列车在这里的时间也已经是上午十点多，大臣也该起床了。"

第八章 胁从者

"没有道理。"

十津川轻易地否定了吹田的看法。

"为什么?"

"如果是狙击司机那样坐在座位上不动的人还可以。列车开到罪犯埋伏的位置时大臣若是坐在窗边采取这种方法还可以,若是他到对面的通道上去了怎么办?或者说不定大臣的单间还拉着窗帘,他仍在睡觉呢。高田一伙不可能采取这种成功率很低的方法。"

"那么炸毁列车呢?在桥上安炸药,这在夜间是最有效的。"

"几百人都要炸死啊!"

"可是大臣也被害死的目的就达到了。"

"这也不对。"

"为什么?"

"要采用这种粗暴的办法就不必特意在 3 月 27 日乘车进行预先演习了。"

"那您认为高田一伙要采取什么方法杀死大臣呢?"

吹田用挑衅的眼神看了看十津川。

"正因为不知道才麻烦哪!"十津川说完环视了一下刑警们, "查一查这九个男女,看看里面有没有被高田辩护过的人。"

"没有一个人的名字是相符的。"日下刑警回答道。

"列车上这些人的名字恐怕是假的,要找出相近的来。"

"有了。"

日下在黑板上写出两个名字:山本正夫(三十八岁)——东京都杉并区中荻公寓 209 室;山下一郎(三十五岁)——东京都杉并区下荻空中公寓 209 号。

167

"山下一郎是樱井刑警通知我们的乘客姓名；山本正夫是因抢劫罪让高田辩护过的男子。樱井在山下一郎名下写着身高一米八十，瘦瘦的，戴眼镜，头发很稀。请看山本正夫的照片，像极了。"

"确实很像，地址也很近似。虚报年龄时总要比实际年龄年轻几岁，这是人之常情嘛。"

接下去又找出两个相似的名字，其余几个人也都有问题。这多半是由于半夜里突然被人叫起来提问，被问者即使说了假名，但总会在什么地方同他的真名相似。有的则是名字不同而住址相同，这恐怕是突然说出了朋友的姓名但又不知道地址，便只好说出了自己的地址。

"因此，可以认为高田一伙是潜入单间卧铺车厢了吧。"井上说道。

"问题是他们打算干什么？"

十津川交叉着双臂陷入了沉思。

他的脑海里回忆起那次在东京站上试乘"隼鸟号"列车时单间卧铺车厢的构造情况，乘务室在最前方，打开内侧的一扇门便是一条一米左右的通道，并排着十四个单间，尽头有一扇门，还有两个厕所和小仓库，饮用水也在那里。

武田信太郎有两名安保人员，而且樱井刑警会在单间卧铺车厢里坚持到天亮，也会监视通道吧。如果是这样的话，高田一伙在车里应该无计可施。根据樱井刑警的信来判断，那九个人不像带着武器。即使他们带着手枪，樱井也罢，两名安保人员也罢，他们都带着自动手枪，而且安保人员还是有名的神枪手。

"搞不清楚啊！"十津川说道。

3

　　樱井站在一号车厢乘务室的旁边，透过门上的小窗不时地窥视着通道上的情况。

　　"其他车厢怎么办？"大西问道。

　　"等天亮乘客起床后再查吧。"

　　"这就省事了。"

　　大西松了一口气。

　　"无线电话可以修好吗？"

　　"很遗憾，还不能用。"

　　"是吗？"

　　樱井的声音十分深沉。

　　"中村朗这个杀人犯不在单间卧铺车厢里吧？"

　　"没有。"

　　"那么有可能坐在二等卧铺里吗？"

　　"是的。"

　　"不要紧吗？他会不会对其他乘客下毒手？"

　　"据我们了解，中村朗除了对有钱人有兴趣以外，对别人基本够不上什么威胁。这次车上最令人担心的仍然是大臣一行人。"

　　"您认为他会对大臣一行人干什么吗？"

　　"还不知道。不过，还是有备无患。这节车厢有我警戒，请您到别的车厢去看看。我想天亮后由二号车厢开始搜查。"樱井说道。

　　大西答应着走回七号车厢。

　　一号车厢里只留下了樱井和乘务员松下两个人。松下担心地问道："您认为一号车厢里会出什么事吗？"

"能用信袋再联系一次吗？"樱井对松下问道。

"行啊！什么事儿？"

"我想和搜查总部联系一下，想得到他们的回信。"

"在冈山站规定停车时该能得到回信。"

"我希望在这以前得到。"

"列车不到冈山是不停车的，所以这不可能啊！没发生什么情况是不能临时停车的。特别是运输大臣乘坐的这趟列车更不能轻易停车了。"

"不停车也能发信吧？这是急件，请国铁务必帮忙。"

樱井要来信纸写了下述内容：

> 请与东京蒲田署搜查总部十津川警部联系。联系内容如下，曾于三宫站介绍过的九名乘客中有值得注意的人时请国铁在西明石站予以暗示：站台前端站上工作人员——有一人时即站一名工作人员，有两人时即站两名工作人员。樱井于"隼鸟号"上。

"怎么样，国铁会给予帮助吧？"樱井把信的内容让松下过目后问道。

"西明石是大站，有好几个值班的，他们不会不帮忙的。单间里的乘客真有可疑的人吗？是同中村朗有关系的人吗？"

"是中村朗的同伙。我在前封信中已请他们调查了，希望得到他们的回信。"

"明白了。下一个通过站是兵库站，在那儿把信袋扔下去。从兵库站到西明石站列车运行十二三分钟，来得及的。"

信被装进一个三角形的信袋里。兵库站在黑漆漆的夜里渐渐靠近了，微微发亮的车站灯光突然由小变大，能看出车站的轮廓来了。松下打开乘务室旁边的窗户，夜间的冷气吹进车里，他探出头把信袋扔到通过的兵库站的站台上。

4

时间在紧张中过去。

樱井交替地看着手表和一号车厢的通道，唯恐在到西明石站看到搜查总部的回信之前列车里会发生什么事情。虽然这一点使他担心，但使他感到更加不安的却是无法预测事情会以什么样的方式发生。如果罪犯真的是用手枪或刀向正在三室里休息的武田袭击，那倒容易防犯了。制止就可以了，迫不得已也可以开枪把罪犯打死。问题是对方采用预测不到的方法时怎么办？

松下向樱井说道："马上就要通过西明石站了。"

两个人把脸紧贴在朝站台一侧的窗户上，盯着进入的西明石站。列车驶过站前的信号机，车站的屋顶和发白的站台临近了。

刚才那封信果真能送到搜查总部并得到回音吗？假如站台上连一名工作人员都没有，也不能断定九名乘客中没有高田的同伙。因为有可能樱井的信没有送到搜查总部或者来不及回音，对这种情况无法确认才是难题。

"有人！"松下突然大声喊了起来。

樱井的眼前一亮，"是有人！"

西明石站的站台瞬间向后飞去。在这一瞬间他们看到站台的最前端一名、二名、三名、四名，有四名工作人员面向转道站成一排。

171

"有四个人哪!"松下说道。

樱井想到,九个人当中有四个可疑的,这就说明几个人全是高田一伙的可能性很大,还是有这样的精神准备为好。

"九个人中最少有四个是罪犯的同伙吗?"

乘务员松下说到四个人时,脸色变得苍白。

"是的。"

"这还了得!他们为什么都要坐单间卧铺车厢呢?"

"如果知道就能采取对策了。"

"不能逮捕这四个人吗?"

"遗憾啊,这样做不合适。光说他们像罪犯的同伙不行,因为还没有证据。即使知道他们是中村朗的朋友或熟人,也不能只凭这一点就逮捕他们啊!"

"那可怎么办?"松下紧紧地盯着樱井。

"我也想不出什么好办法来。总之,除了注意事态的发展之外没有别的办法。"

正当樱井说话时,九室的门开了。一位穿着睡衣的男人走出房间到通道上来了。他是个高个子、瘦瘦的男人,看上去睡衣显得过于短了。这个人就是自称山下一郎的人。

山下用力把门关上之后,不由地扫了一眼通道周围。突然,他的视线碰上了在门外的樱井。就在这一瞬间,樱井看到他像是在微笑。或许是樱井的错觉,因为山下转身向车厢尽头的厕所走去。

樱井紧紧地盯着山下消瘦的身影。大臣在三室,一旦有情况,樱井准备立即冲上去。可是山下一直向前走去进了厕所,没见他有窥视三室的动作。

过了将近十分钟,山下依然没有回来。

"有什么可疑情况?"松下在樱井背后担心地问道。

“只是有一位乘客上厕所去了……”

樱井说着猛然想到，与大臣同行的两名安保人员为什么没有轮流站在通道上呢？安保人员不隶属于警视厅而归警察厅管辖，而且樱井也不了解安保人员为保卫重要人物受过什么训练。武田信太郎又是一位自诩与老百姓打成一片的人，也许是武田叫安保人员不要大模大样地站在通道上，而让他们在各自的单间里休息？

山下从厕所里出来就回到九室去了，未发生任何事情。

又过了五六分钟，这回是六室的门开了，一位胖胖的中年男人走到通道上来。他自称叫根本，在东京经营文具店。他也慢腾腾地走进了厕所。本来两个厕所在门的对面一侧，乘客通道上消失后是难以确认是否真正进了厕所。然而在由通道打开门向左拐的地方只有两个厕所和小仓库及饮用水，单间里面有饮水设备，在各个房间里都能喝到水，没有必要为了喝点儿水而到通道上来，所以只能判断他们是进了厕所。

五六分钟后根本看着手表回到通道上来。樱井原以为他会进自己的单间，没想到他竟然路过六室向自己这边走来。根本打开门，走到列车室的旁边，看着站在那儿的樱井，和他搭起话来：“啊，是警察先生。找到杀人犯了吗？”

樱井满腹怀疑，对方为什么在这时候来搭话？他会不会是高田的同伙？会不会是为了牵制自己？这时候别的单间里的同伙将会采取什么样的行动呢？他带着这样的疑惧，一边透过门上的窗子看着通道一边对根本说道：“很遗憾，还没有找到。”

“这个时候还在值班，辛苦了！”根本一边晃动着肥胖的身体一边对樱井说道。

樱井想早些结束同这位中年男子的谈话，便特意用冷淡的语调说道："你有什么事儿吗？"

根本从睡衣怀里掏出烟来，"借个火！我的打火机正好没气了，偏偏在这个时候想抽烟。"

樱井默默地把打火机打着火后递给他。松下在一旁插话道："夜间睡觉期间不要抽烟。"

"这我知道，房间里写着哪。"

不知根本有什么打算，他在乘务员旁边吸起烟来。

"您不回房间里去吗？"

根本微微一笑："回去一躺在床上就想抽烟。失了火就说不清了，所以在这里抽够了再回屋。"

樱井心里很不是滋味，根本的出现使他担心。可是根本却一边吸着烟一边和樱井瞎聊起来，话题从警察的工作到撞了人后逃跑的罪犯，一直到职业棒球。他的呼吸里稍带酒味，说不定是在单间里喝了酒。

樱井逐渐感到不安：在不知何时会发生什么的情况下哪能陪他瞎聊。假如这是对自己和乘务员松下的牵制，那就更有必要及早结束这样的谈话。

在根本吸完第一支烟并把烟头扔在地板上用脚踩灭的时候，樱井用命令的口吻对他说道："请回到自己的房间去！"

根本还在嘟囔，但樱井不再搭腔，他便无可奈何地回到通道上去了。

樱井有了轻松感。可是这一回根本却把自己单间的门把手弄得咔嗒咔嗒地响，接着又开始用脚用力踢门。正在夜里，除了列车有规律的振动声外，其他声音都消失了，十分寂静。根本弄出来的声音宛如闹钟一样，有四个男女从别的房间起来走到通道上来。他们四个人都穿着睡衣，出来后马上和根本吵了起来。

第八章 胁从者

"大家都睡得正香，不要弄得咯嗒咯嗒的！"

"你踢什么门？究竟要干什么？"

"我有事才这么干的。"

根本回答道，看样子他们很有可能相互殴打起来。

"他们是在演戏吧？"

樱井带着这样的疑问和松下一起来走到通道。

松下说道："现在是在深夜啊！"

"请您来阻止这一打搅别人的行为！"

"这人又敲门又踢门，太不道德了！我被搅得也睡不着了。乘务员！对他得想个办法。"一名看起来五十岁左右的戴眼镜的男子对松下说道。

这回是松下问根本："你为什么要踢门？"

"门打不开了，不得已啊！"

根本再次踢门。

樱井推开根本，把手放在门把手上。尽管他用力往旁边拉，六室的门还是打不开，好像从里面锁上了。

"开不开啊！"

樱井看了看松下。

松下突然笑了，他说道："又是……"

"你说的又是是什么？"

"单间的锁是从里边上锁的，锁钩该是转上半圈之后再落下来。有时锁钩恰好在正上面，人走出来后使劲儿一关门，门也借着这股劲儿就锁上了。"

松下说完，从乘务室取来了通用钥匙很容易地把门打开了。

"实在对不起。"

根本连忙点头向松下行了个礼。

观望的四名乘客在门被打开时，啪啪地鼓起掌来。乍一看像感情自然流露的这一动作使樱井的精神一阵儿紧张。如果这些乘客是高田一伙而且要袭击三室里的大臣的话，根本特意粗暴地把门关上，把自己的房间当作密室，而这四名乘客的拍手会不会是什么暗号？樱井不由得警惕起来。

"请大家也休息吧。"松下对站在通道上的乘客说道。

"突然被吵醒哪还睡得着啊！"

五人当中的一个说道。他是十室的乘客。

怪了！樱井此时皱起眉头。十室和六室隔了四个房间，根本把门弄得咔嗒咔嗒的响声和踢门声他都能听见，为什么隔壁五室里的安保人员却没有起床走出来呢？两名安保人员分别乘坐在四室和五室。他们是为了保卫大臣才配备的，精神应处在高度紧张之中。或许两人定时轮流睡觉？即便这样，外面这样吵闹为什么不起床出来看看呢？房间里备有乘客一旦发生什么情况时按的红色报警电钮，他们放心地待在房间里是因为报警电铃没响吗？即使这样，也应当出来一个人看看通道的情况嘛。

五位乘客凑到一起聊上了，有人还拉开通道一侧窗户的窗帘，眺望着窗外深夜的景色。

樱井注视着鸦雀无声的一至五室的单间，为什么连一个人也没有出来呢？当然还没有发生什么事情，预想中要袭击大臣的情况也没有出现，所以大臣一行安然入睡并不奇怪吧。但是他却感到不安，产生了一种妄想：大臣他们五个人真的在单间里睡觉吗？会不会五个人都突然无影无踪了，单间里空无一人呢？然而，并没有发生任何情况。作为一名警视厅的普通刑警，樱井绝不可能依据自己的想法来敲门证实他们是否健在。

176

　　樱井看了看手表，才 1 点 39 分。他盼望着天早一点儿亮起来。太阳升起后，当大臣和安保人员们起床走到通道上来的时候就可以证实他们安然无恙了。

5

　　青木一觉醒来，躺着随手打开了头顶上的灯。他看了看手表，表针指着 1 点 14 分。

　　昨天晚上 7 点，因武田大臣到餐车用餐，记者和摄影师们都聚集在那里，不大的餐车十分热闹。以亲民而自诩的武田大臣要了一份盒饭，显得非常高兴。青木记得其中有三四名乘客很随便地向大臣的两名安保人员敬酒。两名安保人员当然谢绝了。他们的职类是保卫大臣，所以在餐车里酒饭未动。青木想：他们为什么要向安保人员敬酒呢？是不知道他们两个人是保安？不会的，两个人都系着鲜红的领带，在这种气氛下人人都清楚他们的身份。或者是知道他们是安保人员，为了对他们工作的辛苦表示慰问？

　　反正下一步的采访要等到天亮，大臣一行起床后才能进行，青木此刻挂在心上的倒是下铺的那个女人。坦率地说，正是由于她，青木才怎么也睡不着。他一边想着她的名字叫八木美也子，一边装着上厕所的样子从上铺上下来。

　　下铺的挂帘有道二三十公分的缝隙。青木漫不经心地窥视了一眼。她不在。大概是起床上厕所去了。

　　青木也向厕所走去。他走到两节车厢连接处站住点了一支烟。他想等她从厕所出来后再装作若无其事的样子和她搭话。

　　下行的"隼鸟号"列车保持着一定的速度继续奔驰。大

177

概是要到岔道口了，汽笛发出尖锐的声音。

青木抽完了第一支烟八木美也子也未出现。这时一位穿着睡衣的乘客睡眼蒙眬地走过来，进了厕所。

她没在厕所！那么去哪儿了？餐车早就停止营业，整个车厢的人都在睡觉，她无处可去。她消失到哪里了？她说过是去西鹿儿岛，不可能是在青木睡觉期间中途下车了。倒可以考虑是她的朋友或亲属坐在这次车的别的地方，大概她到他们那儿去了。再不然就是她有情人坐在单间卧铺车厢里？也许是两个人想一起旅行，但只买到一张单间卧铺票，无奈她就坐到二等卧铺里，到了半夜去单间卧铺车厢了？如果真是这样的话，自己还在寻找她岂不成了傻瓜！

不过……青木想起了他在 3 月 27 日乘坐下行“隼鸟号”列车的事情。那时一位年轻漂亮的女性就是在单间卧铺中消失的，她被人杀害后又出现在多摩川上。在这次列车上会不会出现同样的情况呢？可到哪儿去找八木美也子呢？上次找田久保凉子可以在单间卧铺车厢里寻找，而这一次连八木美也子去什么地方也不知道。

青木又看了看手表，再过十五六分钟就到 2 点了。列车 2点 15 分还将在冈山站规定停车。那时又会唤起那讨厌的回忆吧。警察似乎从否定他的证词方向进行搜查。可是青木还是认为自己是在冈山站被人从下行“隼鸟号”弄下来移入下行“富士号”列车上的。

青木想，要是在列车到达冈山站之前找到八木美也子就好了。因为他总觉得列车在到达冈山站的时候又会发生某种不测的事件。

6

凌晨 1 点 45 分，一个男人给国铁东京综合调度室打来电话。

东京综合调度室负责东京北、南、西三个铁路局的全线运行管理工作。此时由东京站发出的各次列车都已驶出本调度室的管辖范围，正在安全正点地行驶中。到天亮为止再没有由东京站始发的列车，这段时间是调度室最清闲的时间，刚才还戴着带话筒式耳机和各车站联系的调度们大多都在打着盹。

电话就在这时从外部打了进来。调度长中原接了电话。

"你要好好听着，因为是一件非常重要的事情。"一个男人突然说道。

"你是谁？"中原问道。

但是，对方并没有理睬他的问话："没时间了！你好好地听着：我们在下行'隼鸟号'列车的一号车厢上安装了炸弹，将在凌晨 2 点爆炸！"

"什么？"

中原的声音自然而然地变得尖锐，几位调度员一下子惊醒了，他们惊讶地把脸转向中原。

"镇静！听着：现在下行'隼鸟号'列车应当行驶在姬路与冈山站之间。这次车的一号车厢即单间卧铺车厢里坐着运输大臣一行。我说的就是这次车的一号车厢上安装了炸弹！再有十五分钟，不，还有十三分钟就要爆炸！你们要马上采取措施！"

"这儿是东京综合调度室，下行'隼鸟号'列车已经驶入大阪调度室的运行管理范围了！"

"这我不知道！"这个男人在怒吼，"反正那趟车的一号车厢上安装了炸弹而且将在 2 点爆炸。当你们争论什么权限范围的时候，以大臣为首的乘客们早就被炸死了！你们认为那也无妨的话就请便吧！"

"稍等一下！"中原急忙说道，并把话筒重新握好，"如果这是真的，你为什么要告诉我们？"

"因为我不愿意看到与此无关的第三者卷进去。"

"你不会是在说谎吧？"

"我的名字叫高田悠一，你问一下警察就明白我是不是说谎了。"

"就算是真的装了炸弹，怎么取下它呢？"

"2 点钟就要爆炸，没有时间取下来了。只能让一号车厢的乘客避难了！只剩下几分钟的时间了，快！"

他说完这些就粗暴地挂上了电话。

中原依然拿着话筒，脸色表现得半信半疑。恐吓列车和车站上安装着炸弹的电话并不稀奇。因事关人命，每次都得停车进行检查，然而没有一次真发现有炸弹。而这个男人的话倒使人不得不信，因为他连自己的姓名都说出来了。

中原拨通了"110"，把自己的身份和接到过电话的事情告诉了对方。对方让他稍候一会儿之后，一个深沉的声音代替了原来接电话的人。

"我是十津川警部。听说有个叫高田悠一的说下行的'隼鸟号'列车上安装了炸弹就要爆炸？"

"是的。他说只要对警方一提高田你们就会相信。这是怎么回事儿？"

"没时间解释了，不过他的确是被我们跟踪的犯罪嫌疑人。"

"这么说一号车厢安装了炸弹可以认为是事实了?"

"请按事实采取行动!能让列车马上停下吗?"

十津川的声音也变得极其紧迫。

"我们试试看吧。"

"那么拜托了,停车后马上让一号车厢的乘客避难。"

"明白了。"

中原一挂上电话就取来列车运行图。他脸色苍白,因为下行的"隼鸟号"列车上乘客的生命系于自己一人之手。而且车上的无线电话坏了,和这里无法联系。现在的时间是 1 点 50 分,那趟车大概运行在上郡与三石之间,它们都是些小站。中原心情沉重。

大阪调度室的电话总算接通了,中原请对方叫来调度长。庆幸的是那位调度长梅田曾是他的同班同学。

中原把电话的事情告诉了梅田,他的话说得很快:"据警方讲此事的可能性极大,马上让下行的'隼鸟号'列车停下来。"

"必须让列车停在哪一个站上,好让乘客避难啊!"

"就那么办吧。爆炸的时间是 2 点。"

"好吧,我试试看。"

调度长的桌子上并排着一串电话,是和各站进行紧急联系用的。梅田伸手抓起三石站连通的电话。

"这儿是三石站的运行室。"

一位年轻站务员的声音传进了梅田的耳朵。

"我是大阪调度室。下行的'隼鸟号'列车通过你站了吗?"

"不久就要通过我站。"

"因为事情重大,你要沉着,仔细地听着:下行的'隼鸟

181

号'列车上被人安放了炸弹!"

"真的吗?"

"大概是事实。要当事实采取行动。炸弹大概是安放在一号车厢里,但没时间来寻找或拆除了。让列车停在三石站,叫乘客避难。运输大臣坐在一号车厢里,要特别注意。"

"明白了。"

"爆炸时间是 2 点,立即行动!"

"是!"

站务员紧张的声音消失了。

小小的三石站将会乱成一团,而梅田则无能为力,只有祈祷了。

第九章
临时停车

1

一位年轻的女性从二号车厢走进一号车厢。她身材苗条，高高的个子，相貌俊秀。她对站在通道隔门处的樱井和松下微微一笑说道："请让我过去。"

"您到哪儿去?"

樱井的脸上自然而然地露出警惕的神色。

"到哪儿去? 我是这次车的乘客，规规矩矩地买了车票，难道不能在车里随便走走吗?"

"嗯……您贵姓?"

"八木美也子。"

"八木小姐的车票是二等卧铺的吧?"

"对，是七号车厢的。"

"这是一号车厢，是单间卧铺，请勿入内。"

"您是什么人?"

"警察。"

樱井掏出证件让对方看了看。

"刑警先生呀，您为什么站在这里啊?"

"因为运输大臣一行人坐在一号车厢，为了保卫他们。"

183

"我找大臣的秘书栗桥京子小姐有事。不信的话，您去问一下京子小姐。她告诉我她在二室的单间。"

"在这个时候有什么事情？"

"女人的私事，对警察先生不能讲啊！要是不让我进去，能叫她出来吗？"

"在这个时候敲门会影响其他房间里的人。"

"可是通道上不是有乘客出来吗？"八木美也子指着通道说道。

樱井耸了耸肩，"因为有点儿事，个别人出来了。"

"我的朋友栗桥京子小姐呢？"

"大臣一行还都睡着哪！"

"怪了！"

"怎么？"

"她神经衰弱，每次外出旅行总是为睡不着觉而苦恼。连其他乘客都能被吵醒，她这会儿却安稳地睡着，这太奇怪了。"

樱井对八木美也子的话也有些赞同。他本来就对在这场吵闹中大臣一行无一人起来抱有怀疑。

"您朋友睡觉是那么轻吗？"

"是的。她在上大学时就神经衰弱，现在应当不会变的。"

"确实有点儿奇怪，但……"

樱井的话模棱两可。可能的话他真想去看一下大臣的单间，却不能去查。樱井在想，如果让这个女性去敲她朋友的门，一旦把大臣的秘书吵起来也许会打听到大臣的情况。

"怎么？如果不能见我的朋友，叫她一声没关系吧？要是她睡着了，我马上退出来。"

第九章　临时停车

八木美也子纠缠不休，樱井对她的固执感到可疑便问道："你到哪里下车？"

"西鹿儿岛。"

"天亮以后再说怎么样？大臣一行也是到终点站西鹿儿岛的，为什么非要在半夜三更叫人呢？"

"可是大臣一起来她就没有自由时间了，现在她有充足的时间啊！"

"话是这么说，但是……"

樱井看了看表想说"但是在这样的时候"，突然列车紧急刹车。车轨与钢轨剧烈摩擦，火花四溅，发出刺耳的悲鸣。樱井一个踉跄摔在通道的隔门上。他大声喊道："怎么了！"

眼前可以看到窗外雪白的站台，有叫喊声传入他的耳中。

"怎么了？"樱井再一次喊道。

松下打开一号车厢唯一能开的小窗户，把头探了出去，冲着站台问道："发生什么事了？"

"是炸弹！"站台上的一位工作人员大声喊叫道。

2

樱井对事态尚未完全理解："为什么紧急刹车？"

虽然听到是"炸弹"的喊声，但究竟是怎么回事？问题没有得到解答使他心焦如焚。他把目光自然而然地投向大臣乘坐的那个单间。同样的疑问再次涌上心头：大臣一行为什么不起床走出来呢？这次这么剧烈的紧急刹车也没使他们醒过来吗？而现在别的车厢的乘客正在做着起床走出车厢的安排，即使武田信太郎睡得特别死，可神谷秘书长和安保人员也没跑出来实在反常。难道真的死在单间里了？

185

　　松下打开站台一侧的车门，一位站务员飞快地跑了上来："马上让一号车厢的乘客避难！"

　　樱井拉着他的手问道："出了什么事？"

　　"我们接到通知说一号车厢上安放了炸弹！"

　　"确实吗？"

　　"十分可靠。据说罪犯的名字叫高田。"

　　"是高田？"

　　樱井的表情严峻，一股凉气掠过他的后背，因为高田的名字就是危险的代名词。

　　樱井大声对松下说道："快叫醒大臣，让他们避难！"

　　狭窄的通道上一片混乱，穿着睡衣的乘客聚集在通道上人声嘈杂。

　　"怎么搞的！"

　　"发生了什么事情？"

　　"……"

　　樱井向这些人怒吼道："马上离开一号车厢！"

　　之后，他使劲儿地敲打大臣乘坐的那个单间的门，嘴里大声喊道："大臣，请起床！这趟列车上被人安装了炸弹。"

　　松下也敲着安保人员的房门，八木美也子边哭边敲着二室的门大声喊道："京子小姐！京子小姐！"

　　可是哪个单间都没有回答。

　　"怎么了！"樱井心里一怔对松下说道："把锁打开！"

　　"不妥吧？"

　　"这是非常时期，没关系，你快点儿吧。"

　　松下从口袋里拿出通用钥匙，匆忙中怎么也插不进钥匙孔里。

　　"快！"

樱井不禁喊起来。两个人的脸都涨得通红。

三室的门终于打开了，樱井一个箭步冲入房内。武田穿着西服躺在卧铺上。

"死了吗?"

不知是谁透过樱井的肩头窥视着房间问道。

"大人!"

樱井一边喊着一边把手放在武田的肩上，用力摇晃着那高大的身躯。但是武田没有一点儿反应。

"是死了吗?"

有人又在他背后问了一声。

"没有，是睡着了。"

樱井正在回答时，在一号车厢尽头的厕所方向响起了凄惨的爆炸声，震得单间墙壁嘎啦嘎啦直响。同时，一阵儿滚滚白烟涌向通道。

没有时间犹豫了，樱井背起武田信太郎沉重的身躯冲出单间来到了通道上。整个通道已被喷出的白烟笼罩。从一室到五室的单间情况也一样，大臣的秘书长、女秘书，还有安保人员都在昏昏入睡，怎么也摇不醒。只好由乘务员和三石站的站务员背着他们，穿过滚滚白烟运到站台上。

几分钟后，在一号车厢的厕所附近再次爆炸，而且又喷出了浓烈的白烟，但未发生火灾。

大臣一行五人横躺在三石站的站长室里。时间不长，五辆警车和三辆救护车赶来，把他们送往附近的医院。

樱井立即用站长室的电话与东京联系，向东京搜查总部的十津川汇报了情况："目前县警正在对爆炸物进行处理。"

"大臣没事吗?"

十津川的声音也很紧张。

　　樱井一边听着站台上传来的搬运物品的声音和人们的叫喊声一边说道："救护车已经把他们送往医院了。不仅是大臣，一行五人都在单间里昏迷着。"

　　"睡着了？"

　　"是的。"

　　"怎么回事？是不是五个人都吃了安眠药？"

　　"还没发现。不过可以肯定，包括安保人员在内的五个人一直睡在单间里。在炸弹爆炸之前曾有过一场小小风波，当时他们谁也没有起来。"

　　"爆炸情况如何？"

　　樱井伸出一只手推开窗户，把视线投向站台，"一共发生了两次爆炸，可能不会有第三次了。一号车厢仍被白烟笼罩着。"

　　"车厢损坏了吗？"

　　"从外表看没什么损坏，好像只炸碎了两三块玻璃。"

　　"烟很浓吗？"

　　"是的，浓得睁不开眼睛。"

　　"发生两次爆炸，只炸碎了两三块车窗玻璃？这倒叫人有点儿不明白了。"

　　"爆炸发生在车厢的厕所方向，大概一号车厢尽头遭到了破坏。"

　　"可是从外表看车厢不是没有什么吗？"

　　"是的。"

　　"他们的目的是否只是威胁一下呢？"

　　"也许是的。"樱井应允着。

　　十津川在电话里说道："不，不对！"

　　他马上把自己的想法否定了，"单纯是为了威胁就不需

188

要制定这么烦琐的计划，况且武田睡得很死也造成不了威胁。"

"说来也是。"

"大臣确实是睡着了，没有死吧?"

"肯定没有。他虽浑身无力，但心脏在跳动，而且我还能听到他睡眠中的呼吸声。"

"单间的门呢?"

"是从里面锁上的。"

"会不会是有人使他们在密室里昏睡?"

"从外表来看像是。蓝色列车的单间，有时人出去后从通道上使劲儿关门就会自动锁上。刚才就有一名单间乘客去厕所时使劲儿关门锁就自动锁上了，还是乘务员用通用钥匙打开的。"

"不过，把大臣一行五人一个个地弄睡，再像你说的巧妙地把门关上而造成密室，这几乎是不可能的。"

"确实如此。请稍等一下。"

"怎么了?"

"现在我看见县警察署搜查一科科长来了，请他和您讲话。"

樱井把电话交给了走进站长室的冈山县警察署搜查一科科长。

小个子的科长表情严峻: "我是佐野。"

电话的另一方十津川回答道: "我是警视厅的十津川。"

佐野看了一眼身旁的樱井，"刚才已和医院联系过了，据说武田运输大臣已经死亡。"

189

3

三石站上仍然一片混乱，下行的"隼鸟号"列车进退不得，趴在站台上一动不动。笼罩在一号车厢的烟雾渐渐消散了，但担心另外装有定时炸弹，身穿防护服的处理爆炸物的专家们不停地在车内进行搜查。

二号车厢以后的乘客多数下了车。在此期间一号车厢的解体工作正在进行。过了一会儿，机车只把一号车厢牵引到离站台一百多米远的另一条线路上。

樱井把这些情况报告了十津川之后说道："现在我到收容那五个人的医院去一趟。"

"仔细了解一下武田大臣的死因。此外，你知道一号车厢其他九名乘客怎么样了吗？"

"站台上很乱，不知道他们到哪儿去了。"

"他们在爆炸时都在通道上，而没在自己的房间里，对吗？"

"是的。也许他们是有意不进单间而聚在通道上的。"

"很有可能。发现高田律师了吗？"

"全力寻找过，但没发现。如果给国铁打电话的是高田，会不会他没有乘坐下行'隼鸟号'列车呢？"

"有可能。他打来的电话没有录音，所以弄不清是高田还是他的同伙打的。喂！现在又听到爆炸声了，怎么回事？"

"被解体的一号车厢又发生爆炸了！从这儿看得很清楚。"

"爆炸得厉害吗？"

"不。车体完好，正在喷水。"

"水？"

第九章 临时停车

"我想这次可能是车体下边的水箱炸坏了。那么，我现在就去医院了。"

樱井挂断了电话坐上警车直奔医院。

崭新的三石综合医院距车站三公里左右。虽然还是凌晨，但这里却灯火通明，显示出事件的严重性。

接待室里聚集着十来位报纸和杂志的记者，他们都是为采访武田大臣回家而同乘下行的"隼鸟号"列车的。唯有八木美也子远离人群，孤零零地坐在一旁，也许她是由于惦念她的朋友——大臣秘书的安危而来到这里的吧。

樱井同县警察署搜查一科科长佐野一起上了二楼走进病房。大臣的遗体被安置在一个单间的病床上。

院长串木亲自来向樱井等人说明："武田先生的死因是氢氰酸中毒从而导致窒息而死。手腕上有注射的痕迹，我认为氢氰酸液是从那儿注射进去的。"

串木院长虽然沉着地为他们讲解，但樱井的脸色却变得苍白，大臣死于氢氰酸中毒使他感到意外。

佐野神情紧张，嘴里嘟囔着："这是一起谋杀案！"

现任大臣被害将会引起一场大的骚乱。樱井心里想："也会追究我们的责任。"

高田一伙要袭击武田信太郎，而且有可能发生在蓝色列车上，这一切都已准确地估计到了。尽管如此却未能阻止事件的发生，为此即使人们对责任问题议论纷纷，我们也只能有苦难言。

"其他四人的情况如何？"佐野问道。

"生命没有危险。"串木院长回答说，"我认为由于烈性安眠药的作用，他们正在睡眠中，两三个小时后会醒过来的。"

樱井想起了青木记者曾说过，在上次的事件中手腕上被人注射了安眠药。于是，他问串木院长："您说的安眠药有被注射过的痕迹吗？"

串木院长摇了摇头："我们已经对四个人的身体仔细地进行了检查，没发现有被注射过的痕迹。"

"那是用什么方法让五个人都服了安眠药呢？总不能认为是他们自己吃的吧？"

"这一点还不清楚。等大臣的尸体解剖之后也许能找到线索。"

"什么时候解剖？"

佐野盯着床上大臣的尸体问串木。

"想通知他的亲属以后再进行，大约在一个小时后吧。"

"这么说天亮以前就可以知道结果了？"

"我想可以的。一定要在天亮前要结果吗？"

佐野用坚定的语调说道："大臣是被毒死的，那么罪犯肯定在这次列车上。所以，希望尽可能在乘客没分散以前拿到解剖结果。"

樱井也正在想着下行的"隼鸟号"列车上的乘客，他同意佐野认为罪犯在他们之中的看法，恐怕就在一号车厢的乘客当中。他是背着神志不清的武田信太郎沉重的身躯从单间里出来的，通道上笼罩着爆炸后的白烟一片混乱，肯定是在这个时候，罪犯拿着注射器从背后贴近武田，往毫无防备的武田的手腕上注射了氢氰酸。但他记不得当时谁在面前，因为烟雾弥漫，一米之外看不清人，更何况一号车厢里一片混乱。不仅是武田信太郎，同行的其他四个人也都在单间沉睡，必须把他们一个个地背出一号车厢，连这项工作都是谁干的他也不清楚。

光靠乘务员松下和三石站的站务员两个人是不行的，大概一号车厢的乘客也帮了忙。如果是被盯梢的那九个人都去救了人，这岂非成了讽刺？这九个人岂不成了既是杀害武田信太郎的嫌疑犯，又因抢救人命应获得舆论的称赞？这样一来，抓不到十分碰凿的证据就很难逮捕他们。

"樱井先生！"

佐野的叫声把樱井从自己的推理中带回到现实中来。

"现在怎么办？"

"反正我想向东京汇报。"

"我回三石站。我打算尽可能地保护现场，把与大臣一起乘坐一号车厢的乘客暂时留在三石站。"

"就这么办。一号车厢还有九名乘客，他们的情况乘务员松下很清楚。"

樱井把高田律师及其同伙的情况向佐野解释了一番。

佐野听着，兴奋得脸色通红，"这么说这一切都有可能是有计划的了？"

"大概是的。"

"真是如此的话就更有必要禁止一号车厢的乘客外出了。"

佐野肯定了之后便走出了病房。

樱井通过串木院长用医院二楼的电话拨通了东京搜查总部，向十津川汇报了武田死于氢氰酸中毒一事。

电话里听到十津川的嘟囔："就是说，武田让罪犯巧妙地弄死了。"

"是的。我认为不论是一号车厢最初的风波还是后来的爆炸都是有计划的。"

"武田一行是怎么吃的安眠药弄清楚了吗？"

"很遗憾，还不清楚。县警说要禁止一号车厢的九名乘客外出活动。"

"能做得到吗?"

"他是这么说的。"

"你说过一切都是有计划的行动啊! 如果他们事先计划好在凌晨 2 点爆炸并乘其混乱之际来杀害武田的话, 那么他们就该知道列车会在山阳干线的某一个车站附近停车, 就会事先准备好汽车, 在混乱之际乘车逃跑。"

"有这种可能。"

"你马上回三石站观察事态动向。如有可能就检查一下一号车厢, 也许罪犯会把犯罪用的注射器掉在那里。"

"明白了。"

"天一亮我也赶到那里。刑事部长也去, 警视厅也会派人去。当然, 冈山县警察署要设置特别搜查总部, 你要和他们密切配合。"

"明白。"

樱井放下电话, 重新琢磨起这起案件的严重性。不管武田信太郎是个什么样的人, 他总是一个国家的大臣, 他的被害各报势必会以头条新闻来进行报道。到了明天, 小小的三石镇上就会挤满警察和新闻记者。

樱井走下楼, 独自一人孤零零地坐在接待室的八木美也子招呼道: "警察先生, 京子怎么样了? 还有救吗?"

"院长说还要观察一两个小时。"

"那么, 她有救了?"

八木的脸上浮现出轻松的表情。

"因为她只是吃了安眠药。"

"那太好了, 真太好了……"

樱井留下嘟嘟囔囔的八木美也子, 一走出医院就找到一辆拉记者来的出租车对司机说: "去车站。"

第九章 临时停车

汽车开动后樱井想起来了，这个女人在案发时也在一号车厢里啊！

4

下行的"隼鸟号"列车的一号车厢上到处是灭火剂的白色泡沫，一片狼藉。泡沫流落到线路上后吧嗒吧嗒作响。

先行一步来到三石站的佐野告诉樱井："再没有发生过爆炸。"

"这么说是装了三枚炸弹。"

"一枚在小仓库，一枚在厕所，最后一枚是在地板下面。据说三枚炸弹的爆炸力都很小，即使同时爆炸也不会炸飞车厢。"

"他们的目的是放出烟雾制造混乱了？"

"我认为头两枚的目的是这样的。"

"第三枚的目的不同？"

"据说这枚炸弹没有带放烟雾的装置。"

"那为什么要装这枚炸弹呢？"

"不清楚。或是为了威胁人，或者是有其他目的，不过，可以肯定目的不是为了杀伤乘客。爆炸虽然把车厢的地板掀了起来，但我认为即使乘客在那里也并不会受伤。"

"下行'隼鸟号'列车的运行怎么办？"

"国铁方面说，只要把发生事故的一号车厢摘掉就可以开车，预计二十分钟后发车。"

"一号车厢的乘客怎么办？"

"你说的那九名乘客，我们让他们集中在站长室里了。"

"他们同意？"

195

樱井的表情很吃惊，这几个人居然没有逃跑。

佐野有几分得意地说道："因为这是一起谋杀案嘛。"

"尽管如此，在忙乱期间居然没有一人逃跑，真出乎意料啊！"

"因为逃走反而要受到怀疑，而且他们全都穿着睡衣；衣服和随身行李也都放在一号车厢里。"

"还有一个人请你们也要盯住，就是在三石综合医院的那位八木美也子。她是二等卧铺的乘客，可是案件发生时她来到一号车厢，自称是大臣秘书的朋友。"

"好的。"

"我去查查二号车厢以后的各个车厢。"

"你认为二等卧铺的乘客也与本案有关？"

"不是，我只是查查刚才提到的高田律师是否在这次列车上。"

樱井上了站台，站台上由于下车的乘客而显得非常混乱。有的乘客干脆就穿着睡衣，也有的乘客整整齐齐地穿着西服。站上的广播播出消息说预定列车二十分钟后开车。坐在站台上的乘客脸上流露出放心的表情，也有人回到了列车上。

樱井在站台上的乘客中没有发现高田便走进车厢。因为电源车被摘掉，车厢里的灯灭了，只能凭着站台上灯光的反射模模糊糊地看。

"连人的面孔也看不清楚啊！"

樱井嘴里嘟囔着，无可奈何地下到了站台。

这时，车站的广播里反复播放了两次：现在要挂机车，请站台上的乘客退到白线以外。

这时可以看到甩掉了一号车厢的电力机车和电源车在慢慢地靠近。电源车上也沾着灭火剂，变成了白色。

第九章　临时停车

咣当一声联挂完毕。电源车的内燃机发出嗡嗡的轰鸣声。两三分钟后，车厢里的灯光一齐亮了。

广播里在播放：下行的"隼鸟号"列车再有十五分钟开车。

站台上的乘客渐渐地开始走回列车。樱井也再次走进车厢。他沿着狭窄的通道从这头走到那头，仍没发现高田或中村朗。因为有的卧铺拉着帘子，而且也不可能连厕所都进去看看，所以不能断定两个人没在车上。

开车的铃声响了，樱井回到站台上。还剩下十二节客车车厢的"隼鸟号"列车发出尖锐的汽笛声，缓缓驶出了三石站。

樱井目送列车红色尾灯在夜幕中消失后，向孤零零地被留在待避线上的一号车厢走去。临近车厢，一股炸药和灭火器的混合的异臭直刺鼻孔。车厢已无灯光，手拿电筒的冈山县警们在漆黑的车厢里来回走动，寻找罪犯使用过的注射器。樱井也借了手电走进车厢。安装炸弹的厕所和小仓库的门都被炸坏，周围被熏得漆黑。第三次爆炸正好在一室的下方，单间的地板鼓起了一大块。

难道是罪犯认为大臣在一室打算给他最后一击而装了第三枚炸弹？

各个单间、通道以及线路上都仔细地查找过，就是没找到注射器及其碎片，县警们只好在天亮后再进行一次细致的检查。

樱井走下列车进入站长室。九名眼熟的乘客正在喝着站上工作人员送来的茶水。其中唯一的一位女乘客用为难的脸色问搜查一科科长佐野："贵重的东西都放在车上，什么时候能去取呢？"

"再稍过一会儿，车内的调查和检查就要结束了。结束后

197

就可以自由进入车厢。"

"是把我们当成杀害运输大臣的嫌疑犯扣在这儿了吧?"

说话的这位高个子男人用狡黠的眼神看着佐野。他就是自称山下一郎的人。

佐野的脸色沉了下来,因为武田死亡的消息还在保密。他用严厉的目光注视着对方:"你为什么这么认为?"

"在这儿的人都知道运输大臣坐的是一号车厢,而且发生了爆炸。仅把一号车厢的人带到这儿来,难道不是可以推断大臣死了吗?"山下洋洋得意地说道。

佐野的脸上浮现出为难的表情。对方的话不无道理,这倒使他感到很狼狈。他看了一眼樱井。而樱井却另有想法:如果在这儿的九个人都是高田的同伙而且有计划谋杀大臣,理所当然地会知道大臣的确死了。

山下向其他八个人说道:"我们还是被当成杀人嫌疑犯了!"

"真的吗?"

"那太不像话了!"

"杀人嫌疑犯?毫无道理!"

有几个人大吵大闹起来。

佐野不得已把大臣死在医院一事告诉了大家,然后说道:"不是认为你们中间有罪犯,只是因为大臣被害于一号车厢总得向乘坐同一车厢的诸位问问情况吧?"

"我只是因为发生爆炸才把神志不清的大臣一行人救出来的。我倒不是说要得到什么表彰,但总没有受审的道理吧?"山下不服气地说道。

"不是审讯,而是想请诸位帮助解决这个案件。"

"怎么个帮法呢?"女乘客问道。

第九章　临时停车

她个子不高，大约三十来岁，自称叫新井君子。

佐野环视了一下九个人后说道："当时，大臣一行五人被人服了烈性安眠药睡着了。我们想知道是谁、用什么方法给这五个人服的安眠药。"

"这事问我们还不如去问当事人，一问他们不就明白了吗？"根本摇晃着肥胖的身体说道。

"是啊。不过他们一两个小时还醒不过来。"

"我可不知道啊！"

根本耸了耸肩。

木村用手指着樱井说道："问我们还不如问一问站在那儿的那位警察先生，他一直在一号车厢里警戒。"

搜查一科科长佐野把目光投向樱井。樱井对佐野说道："我是从大阪上车的。我认为在那个时间大臣一行人已经被人下了安眠药了。"

"这么说，五个人是在东京到大阪之间被人下了安眠药的？"

"我只是这么想。"

本村插嘴过来："啊，警察先生，您都不知道这几个人是在哪儿被人下了安眠药，那您略微思考一下就会知道我们这些乘客更是不可能干这样的事的。我们没和他们一起吃过饭，即使让他们喝放了安眠药的饮料那五个人也不会全喝。特别是还有两名负责警卫的安保人员在那里，他们也不会喝别人送的饮料的。总之，认为是我们让大臣一行吃了安眠药实属黑白颠倒，真是没道理啊！"

这番话很有说服力。确实这九个人让大臣一行人服用安眠药是不可能的。当然，如果他们假称和大臣是同乡，把掺有安眠药的威士忌敬给大臣让他喝下去，这样的事也不是不可能。

但是，专门担任警卫的两名安保人员是不会喝那种东西的。而实际上安保人员也睡着了。

佐野一时无言以对，沉思之后说道："那么，关于安眠药这事等那四个人醒来后问问他们吧。再有，发生爆炸时你们当中有谁靠近过大臣吗？"

"大臣是由那位警察先生和乘务员两个人救出去的。"木村说道，"别的人是把随从大臣的四个人救出去的。"

佐野看看樱井："是这样的吗？"

"大臣确实是我把他背出单间的。不过，此时有人在大臣的手腕上注射了氢氰酸液。"

"这人是谁？"

"不清楚。当时很乱，通道上满是烟。在我背大臣跑出单间时背后有个男人的声音曾问过两次：'死了吗？'。"

"是不是乘务员？"

"也许是，也许不是。刚才有人说大臣是由我和乘务员两个人救出去的，这不对。因为乘务员当时正忙于开其他四个单间的锁。"

"那么，至少乘务员不是罪犯了？"

"我是这样认为的。我认为他当时没有那样做的时间。因为爆炸发生后他必须马上打开五个房间的锁。况且我记得他当时手里拿着通用钥匙，不记得他拿着注射器。当然，也有可能他把注射器装在盒里藏在口袋里了。"

"除去乘务员，剩下的就是这九个人了。"

"还有一个人，就是那位到医院去了的叫八木美也子的女性。"

"啊，是那个女的嘛！"

佐野表示同意。

第九章　临时停车

九名乘客又是一阵儿吵闹，说不该把他们当成罪犯来处理。其中一位近五十岁的男人撅着嘴盯上佐野了："我是去西鹿儿岛那儿有事才坐这次列车的，这可怎么办？"

"关于这一点，我们打算请国铁在不给各位添麻烦的情况下来进行处理。"

佐野虽然这样说，但脸上露出十分苦涩的表情。没有确凿证据能证明在这九个人当中有谋杀武田信太郎的罪犯。如果在一号车厢里找到注射器还能暂时拘留他们。可像现在这样下去也实在没有道理。他把九个人的面孔逐个地看了一遍后说道："请把你们的姓名和住址告诉我们。"

5

三石站的站长和车站工作人员都在深夜到车站来了。

不管怎么说，蓝色列车发生爆炸，运输大臣被害，这是一起重大案件，是国铁成立以来发生的首起案件。国铁总裁决定天一亮就赶到机场。官房长官和两三名阁僚也会很快地赶到这座城镇来吧。当地的新闻记者们已经驱车赶来了。

那九名有问题的乘客已由国铁通知比"隼鸟号"晚一小时十五分的下行"富士号"的列车在三石站临时停车，让他们上车。警察想把他们拘留到天亮，但没有找出足够的证据。注射器始终没有找到，又查不出认为是他们安装定时炸弹的证据。而且九个人还在爆炸混乱时把大臣一行人从单间里救了出来，总不能把这些救过人命的人以杀人嫌疑拘留起来吧。

在九名乘客乘下行"富士号"列车离开三石站之后，一直沉睡的四个人开始醒过来了。医院来了通知，说一位安保人员首先醒来。佐野和樱井立即赶到医院。

他叫平木功，三十岁。当他得知运输大臣被害后脸色苍白，只简短地说了一句："这是我的责任。"

佐野问道："我们认为你是被人下了烈性安眠药了。你记得什么人给过你吃的吗？"

平木躺在床上挠了挠头："我也正在想这件事，可脑袋昏沉沉的什么也想不起来。"

佐野安慰道："别急，慢慢想。"

"不，什么也想不起来了……"

"那么，请你从东京站出发时想起，一点儿一点儿地来。先是进入单间卧铺车厢。"

"是我和星野君两个人先检查了车厢。"

樱井追问了一句："检查过厕所和小仓库吗？"

"嗯，当然检查过了。因为检查是否安装有定时炸弹，这是警卫常识嘛。"

"当时什么也没发现？"

"要是发现炸弹我们也就拆除了。"

"我们看到这次爆炸的三枚定时炸弹分别安装在地板下面、厕所和小仓库三个地方。"

"我和星野彻底检查了小仓库和厕所，车厢下面我想国铁的东京站方面也检查过了。"

"这样的话，定时炸弹是在列车开出东京站之后装上去的了。"

佐野双臂交叉着自言自语道，然后他又问道："还有安眠药，你记得有人让你喝过饮料什么的吗？"

"在餐车上曾有人向我不断地敬酒，我都谢绝了。"

樱井问道："大臣劝你喝过吗？"

"大臣曾说喝点儿酒早点儿休息，可我本来就没有酒量，

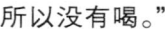

所以没有喝。"

"晚饭是什么时候吃的?"

"是换班时吃的。"

"是什么时候想睡觉的?"

"记不清了。车过名古屋不久我就突然犯起困来。为了驱赶睡意,我又是喝水又是洗脸,可不知什么时候就睡着了。这种事还是第一次!"

"你记得单间锁门了吗?"

"也记不清了,说不定是我自己锁了。当时我困得不行,想略微打个盹,但心里又不愿让人看见我睡觉,也许就在这时候把门锁上了。"

其他三个人也依次醒来了。他们说的与平木说的一样,都说不记得是怎么服的安眠药。但车过名古屋后发困、不知什么时候睡着了这一点四个人是一致的,只是具体时间不同。列车开出名古屋的时间是 21 点 40 分,有人说是晚上 10 点左右发困的,也有人说过了 11 点后困得实在受不了就睡着了。共同之处都是列车开出名古屋之前他们还都醒着。

樱井试着问这四个人:"会不会是罪犯透过钥匙孔往单间里释放催眠气体之类的东西呢?"

安保人员平木立即加以否定:"如果是那样,我们就会察觉到释放的声音。虽然我们进了单间,但要不断地留神通道嘛。"

"栗桥小姐!"樱井向大臣的女秘书问道,"你认识八木美也子吗?"

"八木小姐?"

"她说是你的朋友。"

"大学时的朋友里确实有个叫八木的小姐。她怎么了?"

"她乘坐了这次列车的二等卧铺。她到医院来看望你。我去通知她说你已经醒来了。"

"嗯！"

樱井在栗桥京子目瞪口呆的时候离开病房到下面的接待室去了。他并不是由于对八木美也子有什么好感，只是想证实她是否是大臣秘书的朋友。

接待室里，串木院长正在向记者介绍四个人的身体状况。樱井发现八木美也子不在接待室，便到走廊里去找。没有找到。于是他到院外去找，依然没有发现她的踪影。他站在医院的大门口正在想"她消失到哪儿去了"的时候，听到有人喊着"警察先生"。一开始他没有认出站在那里的年轻男人，但对方说出"我是青木"时，他马上记起是《时代周刊》的那个记者。

青木问樱井："你是不是在找八木美也子小姐？"

"你怎么知道？"

"这里除了她以外全是记者啊！她刚才说有事先走了，还说她是大臣秘书的朋友，为不能等在大臣秘书醒来而感到遗憾。"

"她去哪儿了？"

"说是去西鹿儿岛。可能坐出租车去冈山站了，天亮后能赶上坐新干线的'光号'列车。"

樱井心想应当把她拘留起来。但没有她杀害大臣的证据而这样做是没道理的。再说连她同大臣之间的关系也没查清楚。

樱井问道："你和八木美也子小姐很熟吗？"

青木微笑着回答："在二等卧铺车厢里我们的卧铺挨着。我还偷偷地给她拍了张照片呢。"

"拍了照片？"

"嗯。她是个相当迷人的女人啊！"

"那照片务必给我们一张。"

"是她杀害了大臣？"

樱井对青木说道："我并没有这么说，只是作为案件的证人，有些事还要问问她。"

6

武田的尸体解剖从早晨4点开始，用了大约一个半小时做完。死因果然是氢氰酸液中毒引起了心脏停搏。

串木向樱井和佐野说道："胃中检查出大量苯巴比妥，我认为吸收量相当大。"

佐野问道："苯巴比妥是一般的安眠药吧？"

"对。我们通常称它为鲁米那，一般常用量为一次0.03克。它属于巴比土酸系安眠药，作用相当强。"

"作用相当强……"

"安眠药根据其用途有各种各样的。起快速催眠作用的有溴异酰妥当和环己巴比妥等；起加深睡眠程度的有异巴比妥和环巴比妥等；既加深睡眠程度又持续时间长的就是苯巴比妥了。"

"问题是搀到什么东西里喝的呢？这一点查清楚了吗？"佐野急切地问道。

串木院长摇了摇头："遗憾得很，还不清楚。"

"不能从死者胃里的东西推测出来吗？"

"胃里的东西是知道了，有鱼卷、萝卜咸菜、鲑鱼、海带和花菜豆等，再就是米饭。也就是盒饭，大概是在列车上吃的。也喝过葡萄酒，但安眠药是否搀进葡萄酒里这一点还不能

205

断定。"

"有搀进葡萄酒的可能性吗?"

"可能性是有的,不过还有其他方面呢。比方说他喝水或吃饭时喝茶,在水和茶里搀进安眠药的可能性也有啊。"

串木院长的回答始终十分谨慎。作为一名医生这种态度是无可非议的。但是这种态度却使警察们的搜查无法进行下去。

樱井陷入沉思,心想这个时候十津川在眼前就好了。他用电话再次与东京联系,向十津川汇报了到目前为止的案情经过:"已经查清楚了,这是一起有计划的案件!"

"这一点一开始就很清楚。"电话的另一端十津川的声音很严厉,"他们进行过预先演习,杀害武田信太郎是他们的目标!"

"对不起,尽管警部提醒我注意,而我却没有防止罪行的发生。"

"你知道这帮家伙的脑子并不笨了吧。过去的事就算了,要找出证据逮捕罪犯。罪犯已经清楚了,是高田及其同伙——那些他曾经辩护过的人。因此,重要的是证据。"

"可是,没有找到任何证据。没有发现注射器,连大臣一行是怎么服的安眠药也没有查清楚。"

"既然是人干的就能查清楚!"

"话是这么说……"

"天亮以前你要尽可能地查找证据,我会尽快赶到那里。"

7

十津川与刑事部长一起坐上了早 6 点 48 分由东京站始发的"光号"列车,同行的还有龟田。他们于上午 10 点 58 分到达冈山，从冈山乘坐出租车驶向三石。

　　特别搜查总部设在三石镇公所里，冈山县警部部长和警察厅长官都已到达了这里。

　　官房长官和三位阁僚已经来到了安放武田信太郎遗体的医院，他们是坐专机赶到冈山机场，由机场乘坐县厅派去的汽车到医院来的，听说武田的遗属也一起到达了。

　　在搜查总部里，县警察署搜查一科科长佐野对十津川说道："据说您在东京就预料到会出事了？"

　　佐野的脸上虽然没有流露出责难的表情，但十津川却为自己尽管有所预料却终未防止这次事件的发生而感到内疚。他说道："在某种程度上是预料到了，不过没能预料到这种状况。可以说我是觉得有两名安保人员跟着而有所放松吧。发现什么证据了吗？"

　　"很遗憾！什么也没发现。注射器没有找到，服安眠药的方法也不清楚。您想看看什么？"

　　"我想先看看出事的那节单间卧铺车厢。"

　　十津川和龟井、樱井三人到了停在待避线上的单间卧铺车厢，车厢正由两名警察看守着。十津川一行走了进去，通道上、单间里还残留着异臭。

　　十津川仔细地查看了车厢内部，也看了炸坏了的厕所和小仓库。他根据爆炸规模的大小判断道："三次爆炸都不像要伤人的样子。"

　　"您说的完全正确。"樱井说道。

　　"特别是头两次爆炸，是为了释放白色烟雾，制造乘客混乱。我认为是这样的。"

　　龟井看着被炸歪斜了的厕所门说道："可是，即使是小型炸弹，如果是在乘客上厕所的时候爆炸也会炸死人啊！"

"正像龟井说的那样。不过他们让大臣一行五人睡着了，而其他九名乘客又都是高田的同伙。罪犯知道要爆炸，所以他们不会去厕所。唯一例外的是这节车厢的乘务员，但他在爆炸时上厕所的可能性不大。再者，真要去的话，在通道上的九名乘客把他缠住就行了。然而正如樱井所说，这个事件是有计划地进行的。首先是给五个人吃了安眠药使他们睡着了。"

"您知道他们用的什么方法吗？"

樱井用讨教的眼神看着十津川。

"我只想到一点，不知是否能得到证实。还是先往下说吧，犯罪在厕所和小仓库安装定时炸弹这件事。因为两名安保人员在东京站检查时没有发现任何东西，所以可以肯定炸弹是在列车开出东京后装上去的。你谈谈在大阪上车后的情况。"

"我和乘务员松下监视着这节车厢的通道。在这之前曾调查过九个人的姓名和住址，已向警部作了汇报。半夜1点钟过后，六室和九室的两个男人先后去了厕所。"

龟井肯定地说道："这两个人大概就是去厕所和小仓库装炸弹的。"

"我同意。"十津川点了点头。

樱井接着说下去："第三颗炸弹安装在地面以下。在这节车厢里安装的可能性好像不大。那么是在什么地方、用什么方法装上去的呢？"

"方法不清楚，但安装的地点恐怕是名古屋。"

"名古屋？"

樱井惊讶地看着十津川。因为十津川的嘴里一语道出具体的地名使他十分吃惊，"为什么是名古屋呢？"

"理由以后再说，更重要的是下边要谈的。你说说以后发生的情况。"

"发生了一件很奇怪的事：六室里的那个男人自称叫根本，他单间的门关上后自行锁上了，由此引起一场大吵大闹。单间的门只要用力关就会很容易地自行锁上。"

樱井利用就近的一个单间的门锁来证明给十津川看。他把锁钩弄到正上面，再使劲儿一关门，锁钩落下来，门很容易地锁上了。

"不过，我并不认为这是在计划之内。"

"不，他们预先演习过。不能说是失手造成的，他们是不会干这种蠢事的，所以应该把它当作计划的一部分。"

"为了什么?"

"你不是说由此引起一场大吵大闹吗?"

"根本因为开不开门很生气，把门把手弄得咔嗒咔嗒直响，还用脚踢门。"

"我认为这就是它的目的。"

"是弄出声音来?"

"是啊!"

"确实成了使其他乘客走出单间到通道上来的借口。"

"我认为还有一个目的：他是用脚踢门引来吵闹来证实大臣一行五人吃了安眠药之后是否睡着了。如果没有人出来，就说明按他们的计划五个人都睡着了。"

"确实如此。尽管他踢六室的门，可隔壁五室里的安保人员却不知为什么不起来，当时我还觉到很奇怪。"

"罪犯们在确认五个人已按计划被安眠药弄睡之后便采取了最后行动。自称高田的人在列车之外给国铁打电话，说在下行的'隼鸟号'列车的一号车厢上安装了定时炸弹，要在半夜 2 点爆炸。"

"他为什么要自称是高田呢?"

209

"这就解开了上一案件中的那个不解之谜。"

十津川把手指掰得啪啪直响。

"什么谜?"

"关于高田之谜。在 3 月 27 日田久保凉子被害一案中,第一次出现了高田这个名字。他完全可以把自己的名字隐瞒起来,但他本人却特意向杂志记者青木亮出了自己的名字,结果我们盯上了高田。我怎么也弄不明白,精明的高田为什么会干出这样的蠢事来!现在我才明白,高田就是想让我们注意到他的名字。一般来说即使报告说列车上安装了炸弹也会被当作恶作剧而被忽视。但亮出高田的名字,就会被认为是事实而让列车停车。因为这个电话是一个被警察跟踪的人打来的嘛。高田在上次案件中特意亮出自己的名字就是为这个目的作准备。"

"高田的计谋果然成功了!"

"是的。现在考虑起来,我们也帮了高田的计划的忙。当得到国铁的报案时,我们听到高田的名字就马上发出让列车停车、叫一号车厢乘客避难的警告。实际上,我们是被高田巧妙地蒙骗了。"

"列车停车之后,宛如一场噩梦的持续。"

樱井接着说下去:"爆炸发生了,满通道都是白烟。因为大臣一行五人的单间都上了锁,于是开锁啦、把神志不清的大臣等人运出去啦,也弄不清谁在干什么。真对不起!"

"这不是你的责任。无论是谁面对这种情况都会首先考虑救人,不会去管罪犯的。"

"这都是经过周密计划的。"龟井说道,"列车停车、第一次爆炸、白烟、注射氢氰酸液,这些稍有误差就不可能获得成功。"

"所以说一号车厢的九名乘客有可能都是高田的同伙。"

▲

"您认为八木美也子也是他们一伙的吗?" 樱井问十津川。

"她拿着手提包吗?"

"因为她没穿睡衣,我想是拿着的。"

"注射器很有可能是她拿的。要调查她是不是真的八木美也子,也就是说她是不是大臣秘书的朋友。如果她是冒充的,那她去医院的目的就不是担心朋友的健康,而是去确认大臣是否死亡。"

"我调查一下吧。" 樱井点了点头,"您能告诉我,为什么您认为地板下的炸弹是在名古屋安装的呢?"

"我也想听听。" 龟井插嘴说道。

十津川有一种习惯,每当他归纳自己的想法时总是抽出一支烟来点上:"你们想想看,他们为什么要搞第三次爆炸? 因为仅有把地板炸起几公分高的威力,所以它肯定不是为了伤人。而且它不同于前两次,没释放白烟,所以也不是为了制造混造。"

"是为了威胁人?"

"那样的话,就不需要把炸弹安装在地板下边了。安装在车厢里效果不是更好吗? 问题就在于这次爆炸所产生的后果是什么。"

"地板下面的水箱被炸坏,水流了出来。"

"就是这个,这就是他们的目的。"

"我认为那是偶然的。"

"不,我们知道这个案件是很有计划性的,很难想象只是出于偶然才使水箱遭到破坏。"

"可他们破坏水箱的目的是什么?"

"消灭罪证。"

"您这话是……"

"两名安保人员也罢，大臣的秘书也罢，他们都说记不得有人给他们吃了安眠药。特别是两名安保人员，他们的一举一动十分警惕，连大臣劝酒都没喝。尽管如此，他们还是让人给吃了安眠药。这种情况，可能考虑的只有一点，那就是在一般的饮用水里掺进了安眠药。每节客车车厢的地板下边都有水箱。罪犯利用的就是这里的水，在里面放了安眠药。"

"您是说为了消灭罪证才破坏水箱的吗？"

"还能有其他考虑吗？"

"这么说，其他九人平安无事是因为他们知道饮用水里掺了安眠药？"

"是的。所以，我认为他们平安无事这件事恰好是证明他们是高田一伙的最好证据。而乘务员没吃安眠药是因为在他的房间里没有像其他单间那样的可以饮水的设备的缘故。"

"可您为什么认为炸弹是在名古屋安装的呢？"

"今天我到这儿来之前曾在东京站作过了解。因为蓝色列车是长途，所以中途要上水。"

"这我也知道。"

"就下行的'隼鸟号'列车来说，中途要在六个车站上水。它们分别是名古屋、大阪、冈山、门司、博多和熊本这六个地方。名古屋不仅是首次上水的地方，而且要给一到七号车厢都上水。在大阪是给十到十三号车厢，在冈山站是给四到九号车厢上水。也就是说往一号车厢水箱里投放安眠药的机会只有在名古屋站。而且，还有一点……"

"是什么？"

"东海地区，特别是名古屋市现在异常缺水，自来水全是定时供应，只在上午 10 点到下午 4 点的六个小时内有水。给列车上水所用的是自来水，而下行的'隼鸟号'列车到达名古屋的时间是晚上 9 点 35 分，所以不能像平时那样用水塔上水，必须使用供水车。"

"这么说的话，我记得当初曾经说过，在上个案子中，田久保凉子的尸体不就是装在供水车里拉走的吗?"

"那辆供水车如果是名古屋的车牌号，那么它就很有可能是在名古屋站给下行'隼鸟号'列车上过水的。列车在名古屋停车五分钟，在这段时间里，完全有可能往一号车厢的水箱里投放几个装有安眠药的胶囊，也有可能安装上半夜 2 点钟爆炸的定时炸弹。"

第十章
追踪

1

十津川的推理被警察署搜查总部部长所采纳。于是搜查总部全力开始了追踪搜查，以验证他的推理是否正确。

樱井把青木记者拍下的八木美也子的照片拿给栗桥京子看。京子喝着一杯浓咖啡，目不转睛地端详着照片。

"这不是八木小姐。"

"果然不是！"

京子奇怪地问道："您说'果然不是'是什么意思？"

"或许这张照片上的女人就是杀害大臣的凶手。"

"真的吗？"京子瞪大了眼睛，"那么动机是什么呢？我怎么也想不到，武田先生会被人仇恨，甚至被杀害。"

"您真是这样想的吗？"

"嗯！"

樱井把视线转向旁边的神谷秘书长问道："您是怎么想的呢？"

神谷因为阵阵恶心，脸色苍白："武田先生是位政治家，政敌多固然是事实，但他是男女同权主义者，他会被女人所害，这一点我是无法想象的。"

"动机并不限于女性问题。您记得两年前发生的五亿日元诈骗案吗?"

"记得! 那起案件中武田先生还是受害人哪, 他的名片被人盗用了。"

"据我们了解不是那么回事……"

"谁说的!" 神谷愤然地提出抗议。

因为有好些事必须进行调查, 于是樱井走出了病房。

在这以后, 十津川他们决定返回东京, 三石站的搜查工作委托给县警察署。因为他们认为案件的根子依然在东京, 况且在三石站需要了解的情况基本上也都查清楚了。

龟井在名古屋下车, 十津川和樱井回到了东京的搜查总部。

樱井必须做的工作就是再次查看高田律师所辩护过的三十二人的照片。这三十二个人都因刑事案被起诉过, 其中二十五人有罪被判了刑, 他们的正面照片警察署全有, 另外七个人的正面照片也收集到了。樱井一张一张认真地查看着这三十二张照片, 确切地说是三十一张, 因为其中的一个人, 即田久保信一自杀了。

樱井还清楚地记得乘坐在下行的"隼鸟号"列车一号车厢里的那九名乘客的面容, 将他们与照片加以对照, 很快把那九张照片挑出来了。

"九个人全在这里面。" 樱井向十津川汇报道, "真有意思, 其中就有那个在银行里安装炸弹进行恫吓而被判刑八年的家伙。这次的三枚定时炸弹会不会还是他装上去的?"

"马上把他的记录送来!"

"知道了。可是……"

"怎么了?"

"那个自称八木美也子的女人不在这三十二个人之中。"

十津川说道:"会找到她的。"

2

因为有过田久保凉子的例子,樱井和日下等人一起对三十二人中十九名男性的亲属进行了调查。但在他们的亲属中没有发现那个叫八木美也子的女人,而且也查不出她和高田的关系。无奈之下他们决定调查一下真的八木美也子。他们认为,既然涉及八木美也子的名字,说不定那个女人是她身边的人呢。

八木美也子半年前结了婚,已经搬到札幌去了,而且改姓市村。樱井坐飞机前往札幌,会见了市村美也子。她看了那个女人的照片说不认识。

樱井白跑了一趟,只得又返回东京向十津汇报:"再没有什么可查的了。下一步只有把她抓住,让她自己供出是什么人了。"

"如果她藏了起来,你就找不到她。"

"也许是那样,但……"

"因此,还是有应当调查的地方嘛。"

"高田的周围、真八木美也子周围全都调查过了。"

"还有一个地方!是武田信太郎的周围啊!"

"是由于私事而憎恨他的女人这条线索吗?"

"是的。"

"可是高田一伙为什么会同这样的女人联手呢?"

"是因为利害一致吧。"

"仅凭这一点就能一起去杀人?"

216

"当然，只凭利害一致这一点是站不住脚的。但是假定那个女人由于两年前的五亿日元诈骗案而憎恨武田的话又会怎么样呢?"

"您不是推断说那起案件是高田一伙根据武田的命令干的吗?"

"是的。可是这次案件中曾出现过一位牺牲者!"

"啊!"樱井叫出声来，原来他把这事忘得一干二净了，"是那位名叫中井良久的犯罪嫌疑人! 他在审讯中割破自己的手腕自杀了。"

"如果这位中井良久有家属，一旦高田告诉她真正的罪犯是武田信太郎，那她会很乐意协助高田参与杀害运输大臣的计划的。"

"是的，我马上去调查。"

樱井忘记了疲劳，飞快地跑出房间。

3

"这里仍很缺水，旅馆里也是定时供水，我算服了。"

在名古屋下车的龟井给东京的十津川打来了电话。

"龟井君，比起它来高兴的是总算查清楚了啊!"

"关于给列车上水，一般是由设在铁路沿线的自来水管道供应。但由于今年这里异常缺水，实行了定时供水，所以不能为夜间到达的列车供水。遇到这种情况就应当改在别的车站上水，比如下行的'隼鸟号'列车就应在前一个停车站静冈或下一个停车站岐阜上水。可是这次异常缺水的情况遍及整个东海地区，静冈和岐阜也实行了定时供水。下行的'隼鸟号'列车到达静冈是晚上 7 点 13 分，正在限制用水的时间所以不

217

能上水。岐阜也是一样。因此，它不得不在名古屋用供水车来为列车上水。这项工作本应由名古屋的自来水公司来做，可他们的供水车不够用，所以他们把这项工作委托给了私人公司，动用了私人公司的供水车。"

"那么，为下行的'隼鸟号'列车上水的就是私营公司的供水车了？"

"是的。而现在这位业主连同他的供水车都无影无踪了。那位业主的名字叫……"

"叫柳绍单一，四十岁，对吗？"

"您怎么知道的？"

"因为那三十二个人的名单上有一个人的现住所是在名古屋市内，叫柳绍单一，四十岁，他还有一个弟弟。"

"据名古屋站上的人说，柳绍是让一个年轻人开的车，自己则坐在助手席上。因为他一直承包为夜行列车上水的业务，所以站里对他很信任。"

"我想，3 月 27 日就是这兄弟俩把田久保凉子的尸体装在供水车的水罐里运到多摩川的。当时下行的'隼鸟号'列车也是在名古屋站上水的吧？"

"这一点我已经调查过了，他们兄弟在 3 月 27 日给下行的'隼鸟号'列车上过水。这么说，是他们给 27 日晚上 9 点 35 分到达名古屋的下行'隼鸟号'列车上完水后开车赶到冈山，在那里接过田久保凉子的尸体运到多摩川的吗？"

"我认为不是这样的。如果在名古屋上水，上完水后供水车就空了。再往水罐里罐水，然后追赶以平均时速一百公里运行的蓝色列车到达冈山，工作量就太大了。大概是柳绍兄弟的供水车在中途等待，田久保凉子的尸体是用别的车从冈山运到那儿的，也许用的就是中村朗的赛车吧。"

"这样的话，就是说柳绍兄弟是在名古屋等着了?"

"不，不在名古屋。"

"为什么?"

"我是从名古屋市实行定时供水、往供水车里灌水很费事这一点来考虑的。况且整个东海地区都在为异常缺水而苦恼，所以应当是在东海地区以外的地方，也就是说在大阪或神户附近灌上水等在那里。"

"对啊!"

"那么，找到柳绍兄弟往一号车厢的水箱里投放安眠药和安装定时炸弹的证据了吗?"

"我去他们兄弟俩办的运输公司调查了一下，他们虽然有中型卡车，但关键的供水车却从车库里消失了。"

"因为那是物证啊，是藏到什么地方去了吧?"

"看来他们把账本和文件等也都烧掉了，办公室里空荡荡的。关于柳绍兄弟俩和那辆有问题的供水车，我已委托这里的警察署布控查找了。我认为那是一种特殊车辆，会马上找到的。"

"也许已经沉入海底了。"

"也有这种可能，因为这里靠近港湾。我也请他们从这方面注意找一找。"

"柳绍兄弟俩在名古屋站的上水工作很顺手啊，有什么门路吗?"

"据说花了不少钱。本来这项工作仅限于缺水时期，又是代办业务，油水并不大。尽管如此，柳绍兄弟俩还是出了一大笔钱从以前的业主那儿承揽下这项业务，又买进了半新不旧的供水车。人们都议论他们是喜好猎奇的人。"

"这笔钱也许是高田出的。"

"我也是这么想的，所以到柳绍开户的 M 银行去查了查。他从 3 月 1 日起开始干这项业务，在 2 月 25 日从东京转到他活期存款户头上一千五百万日元，可对方不是高田。"

"是谁?"

"是中井裕子。我想恐怕是个假名……"

"不，我认为是真名。"

"警部知道这个名字?"

"如果我猜得没错的话，她应当是我们认识的人。"十津川说道。

十津川和龟井的通话结束后，不一会儿樱井打来电话。他兴奋地说道："正如您所说的，中井良久的妻子就是那个自称八木美也子的女人。她的真名叫……"

"中井裕子! 对吗?"

"您怎么知道的?"

"是刚才在名古屋的龟井告诉我的。她的财产处理了没有?"

"是的，她丈夫中井良久自杀以后她就把家产处理了，回到了老家新潟。但听说她目前不在新潟。"

"我认为田久保凉子被害时，冒充她乘坐下行'隼鸟号'列车到西鹿儿岛的也是她。因为她长得很像田久保凉子，很漂亮。"十津川说完以后满意地挂上了电话。

武田运输大臣眼睁睁地被害固然很遗憾，但是因此也就能取得逮捕这帮歹徒的逮捕证了。

"吹田君! 我去见署长。"

十津川说完站起身来。

就在这时，一位年轻的警官慌慌张张地走进屋里，"有人要见十津川警部!"

"谁?"

"他说是高田律师。"

"什么!"

4

十津川半信半疑,然而进来的千真万确就是高田。

高田表现得异常沉着,很随便地在一张空椅子上坐下说道:"我的出现让您吃惊了吧?"说完,他便笑起来。

"这家伙为什么笑?"

十津川心里感到奇怪,嘴上却说道:"确实感到意外。然而,你终归是要被逮捕的。是不是你预料到了这一点所以来自首的?"

"我来是因为有自首的必要。"

"你觉得自首后会由死刑改为无期徒刑吧?"

"我倒没有那种卑鄙的念头。"

"那什么叫必要呢?"

"你们到了明天就明白了。"

高田用令人难以理解的说法说完后又独自笑了笑,"现在不能说,明天下午 3 点我就全部说出来。"

"我们想让你现在就讲。"

十津川特意缓缓地点上了一支烟。

高田跷起二郎腿:"简单地说,是我杀死了武田信太郎。现在能说的就是这些。"

"你还杀害了田久保凉子!"

"对,我忘了。那我也承认,这可以了吧!我已经认罪了,希望能让我在拘留所里好好睡一觉。我不会到了明天就翻供的。"

"我们也想让你讲讲你和你同伙的情况。"

"我的同伙?"

"希望你别假装不知道,至少有男女十一人帮助你策划和实施了两次杀人案件,这你也要承认。"

"关于这一点今天我什么也不想说。我承认在两次杀人案中有罪,别的情况我今天不能说。如果想让我说那就让我回去。"

高田突然沉默不语,不管十津川怎么和他讲话,他都不开口。无奈,十津川只好把高田拘留。

"你怎么想?"十津川很想听听吹田的意见。

"他是在拖延时间!"年轻的吹田得意洋洋地说道。

"以后呢?"

吹田依然十分自信地说道:"以后他就采取装腔作势的态度把我们的注意力吸引住,在此期间好让他的同伙逃跑,不是这样吗?我认为就是这样的。"

"可是我们对高田、中村朗、中井裕子以及乘坐一号车厢的九个人以杀人罪发出逮捕证,立即通令全国各地进行通缉;另外对凡是过去曾由高田辩护过的人也都作为重要嫌疑犯做了部署。这样一来,不管高田怎么争取时间也都是一样的啊!再者,他所说的下午 3 点是个什么时间概念呢?"

"会不会是他的同伙要逃亡国外的时间?"

"你是说,他的同伙准备乘下午 3 点起飞的飞机逃出日本?"

"是的。这样不就可以理解高田为什么要拘泥于明天下午 3 点的理由了吗?他是不是打算确认同伙已从日本逃出后再供认一切呢?"

"不过，吹田君！通缉令也会送到全国的机场和港口啊！"

"那么，您认为高田的目的是什么？"

吹田用挑战的目光看着十津川。

他真年轻啊！十津川苦笑了一下："我也不知道啊，所以才在伤脑筋呢！"

十津川坦率地说出自己的想法。而在这一瞬间，他看出吹田的眼睛里闪出轻蔑的目光。

5

下午4点，以高田为首的十二个人的逮捕证发下来了。他们的正面照片被复制后立即向全国发出了通缉令，特别是在全国的各个机场和港口等进行了重点布置。

晚7点过后，正当要吃晚饭的时候，龟井从名古屋回来了。他一见十津川便问道："听说高田来自首了？"

"几小时前他一个人来自首了。他承认了在两次杀人案中有罪。还有一次，即蓝色列车的乘务员之死究竟是事故造成的死亡还是他杀，恐怕到明天他也会供认的。不过他说关于细节，不到明天下午3点他什么也不讲。"

"不是为给同伙出逃争取时间吧？"

"吹田君也是这么认为。不过由于他的同伙已经被全国通缉，所以不可能争取到时间。"

"把明天下午3点划为界限，会不会在什么地方又安放了定时炸弹？"

"定时炸弹！"十津川自言自语，"不，不对。如果是那样的话，他就没有必要特意前来自首，藏在什么地方看结果不就成了吗?"

十津川未能得出什么结论。

被拘留的高田老老实实地吃完晚饭,到了9点钟便打起盹发出了轻微的鼾声。

天亮了。早饭后高田由拘留所被带到审讯室,他仍坚持不到下午3点什么也不说。高田自认在两次杀人案中有罪,沉默固然对他不利,但也不能去威逼他。没有办法只好把他押回拘留所,一直等到下午3点整再次把他带进审讯室。

高田面对十津川坐了下来。十津川先发制人地说道:"十五分钟前,中井裕子在新潟被逮捕了。"

高田毫不动声色,只是说道:"让她早点儿逃到国外去,这个笨蛋。"

"3点到了,按约定你该说出一切了。"

高田听十津川说完后看了看墙上的挂钟。

"在此之前,我有个请求。"

"什么请求?"

"今天下午3点大街上应当出售本周的《时代周刊》,希望能给买一本来。"

"《时代周刊》!你说的下午3点指的就是它?"

"您以为是什么呢?"高田流露出讥讽的眼神。

"这……"十津川说完后,叫了声,"龟井君,你到什么地方把今天出版的《时代周刊》买来。对了,买回五本!"

"那上面登了什么?"

"不知道。"

龟井跑出了审讯室。不一会儿,他气喘吁吁地返回来。

"您看这儿!"

龟井用手指敲打着杂志封面上印着的标题,上面写着:

真正罪犯的手记——谈杀害武田运输大臣的可怕真相！

十津川把一本杂志扔到高田面前："是你的手记?"

"是我昨天送去的。这篇手记记叙了武田是个多么卑鄙的人，我为什么非要杀死他不可。你们也许还不知道他是个什么家伙。"

"你是指两年前五亿日元诈骗案的主犯是武田信太郎吗?"

"您怎么知道的?"高田瞪大了眼睛。

"我认为杀死武田信太郎的原因只能是这个。而且，我还认为只有武田涉案那起诈骗案才能很顺利地完成。武田为筹集自己的竞选资金，利用你们计划了周密的诈骗案，对吧? 当然，武田也约定了他当选后给你们的回报。但是武田坐上大臣的交椅之后却不想遵守约定，所以你们利用他回家的机会在蓝色列车上把他杀了。对不对?"

"不愧是警视厅，知道的真够详细啊！武田托我计划五亿日元的诈骗时曾约定，他一旦当上大臣便对我那些有前科的亲密朋友予以相应的答谢，无论他们干什么事都给以方便。于是，他们都很高兴地帮助了我。要知道，在日本当今的社会，一个人有了前科很难生存下去。但如果有了政治家的支持，情况就不一样了。因此，他们帮助我作了那起诈骗案。武田用这笔钱成功地当选了，当了运输大臣。他就任时这些人都送了礼品。"

"但是，武田没有守约?"

"仅此而已的话还不会杀他！"

"那为什么?"

"我有两个伙伴被他害死了。"

"你说的是谁?"

"一个是田久保信一。"

"他不是自杀的吗?"

"说是自杀的,但我认为是他杀。"

"武田为什么要杀害田久保信一呢? 如果是为了杀人灭口,那就该把你们全杀了。"

"我们手里没有武田求我们作案的证据,回报也只是口头上的约定。可是,田久保拿有他的名片。"

"田久保为什么拿有他多余的名片呢?"

"因为田久保和山田印刷所的职员高梨一彦是朋友。"

"高梨曾委托你辩护过,因此他和你合伙干了那起诈骗案?"

"恰恰相反,他是田久保的朋友,我是受田久保之托才为高梨的亲属进行辩护的。"

"后来呢?"

"高梨多印了一张武田的名片,我们用它诈骗了五亿日元。当然,这是在武田本人知情的情况下干的。可高梨多印了不是一张,而是三张。也许他认为这名片有这么大的威力说不定以后还会有用途。这两张多印的名片由他和田久保各拿一张。我认为武田知道了此事,所以高梨第一个被杀掉。"

"是你们杀的吧?"

"我是不会杀害自己辩护过的人的。"高田直截了当地说道。

"你是说田久保信一是因为拿有名片而被杀的?"

"我想是这样的。因为田久保只顾自己,或许他以那张名片为秘密武器，一个人去勒索武田。总之，田久保死了。于是我召集大家商量杀死武田，大家立即表示赞同。"

"中井裕子也是你劝诱的吗?"

"是的。她接受了用注射器杀死武田的任务。这说明她是多么爱她的丈夫啊!"

"只有田久保凉子一人反对?"

"最初她也赞同，可中途胆怯起来就反对了。不仅如此，她还想报警。没办法只好把她杀掉。这件事干得很漂亮，但有一点失误了，那就是没发现应当在田久保手里的那张名片却放在凉子的手提包里。由于这个手提包是田久保信一作为结婚纪念品送给凉子的，所以尽管已经破旧了凉子仍很珍惜它。手提包的里面破了，所以我们没有发现那张名片，由此你们发现了此案同武田的联系。"

"是在预先演习时干的吗?"

"是的。"

"青木记者实际上并没有被移入'富士号'列车吧?"

"嗯，那只不过是个小小的圈套。"

"在冈山站弄下车的是田久保凉子吧?"

"是的。我们事先准备了一套男人的大衣、裤子和鞋，把她杀死后给她穿上然后弄下了车。因为是单间的关系，所以这些都能办到。这活儿比杀她还累哪!"

"蓝色列车的那个叫北原的乘务员也是你们杀的吧? 杀死后还装成是由于事故造成的死亡。"

"这个人没骨气，好喝酒，嘴又不牢，在杀武田之前他表现出完全要完蛋的样子，所以就把他干掉了。现在想起买还真有些对不起他，蓝色列车单间卧铺的车票还是麻烦他弄来的呢。"

"他为什么帮助你，是为了钱吗？"

"也有这个关系，在这个世界上没有不想要钱的人。另外为他亲属的事我也曾出过力，所以他感恩于我。"

"本案中大臣一行五人是喝了放安眠药的饮用水在单间里睡着了，这对你们倒是很方便。不过，你们想到会那么顺手吗？万一两名安保人员没喝水、没有睡着怎么办？"

"当然没有想到五个人都睡着了，特别是担当警卫的两名安保人员，他们很有可能滴水不沾的。我只是大致指示他们努力让安保人员去喝水。"

"怎么努力法？"

"武田信太郎说过要到餐车上去吃晚饭，是想显示他亲民吧。当然安保人员也要到餐车上来，我告诉他们在这个时候向安保人员敬酒，而且要纠缠不休。"

"安保人员是不会喝的。"

"那当然了。"高田笑了，"就是要以遭到拒绝为前提，纠缠不休地去敬酒嘛。安保人员本来就很紧张，人一紧张就会觉得嗓子发干。在这种情况下，给他们敬酒更会造成他们心理上的紧张情绪，嗓子也就越发干了。他们在餐车上不能喝水，当然回到自己的单间里就会放心地去喝水了。人们有一种奇怪的先入为主的观念，那就是认为自来水是安全可靠的。这件事居然成功了。其实，即使安保人员没睡也不难办。因为舞台是单间卧铺车厢，就算武田在单间里睡着了，安保人员也无法确认他是由于喝了安眠药还是一般睡着了。当炸弹爆炸而引起骚乱时，他们发现大臣神志不清会很狼狈。我们的九个伙伴坐在一号车厢里，这一人数足够乘炸弹爆炸所引起的骚乱控制一号车厢。不，是九个加一个，所以是十个人。即使两名安保人员醒着，也不可能在那么狭窄的通道上而且是在爆炸后的白烟口控制十个人。"

"这也在 3 月 27 日下行的'隼鸟号'列车上进行过试验？"

"当然了。实际上五个人都睡着了，我们没费事就干成了。我认为在狭窄的通道上控制安保人员的行动太容易了。"

"你确信你的手记会在《时代周刊》杂志上发表吗？"

"不管怎么说，这是个很特殊的题材。而且宫下总编跟我约定，只要我出来自首就相信手记的内容，所以我昨天才到这儿来自首。我并不是要让你们感到意外，而是因为《时代周刊》方面要先等这件事确认之后才决定出售这本杂志。如果能再让我说一句，我就要说这篇手记不是为了泄我的私愤，而是公愤！"

"你是为了伸张正义？"

"是的。这是一篇揭发一位丑恶政治家罪行的手记，同时也是一篇讨伐当今腐朽政界的檄文！这回够了吧？"

"不，不够！"

6

高田眉头一皱看着十津川："还有什么不够的？"

"你们杀害武田信太郎的动机不清楚。"

"如手记里所写，是为了伸张正义，也为了报复他对我们的背叛。"

"我不相信这种漂亮话！"

"我不是说了，他背叛我们也是杀他的动机之一吗?"

"这一方面是主要的。武田是个坏人，而你们知道他干了些什么，于是威胁他如不出钱就把这些事写成文章卖给杂志社。你们不就是这么干的吗?"

"因为您不了解武田这个人，所以才能这么说。"

"那你就给我讲讲他是个什么样的人吧。"

"他既狡猾又十分谨慎，五亿日元进了他的腰包还要不留下任何证据。况且只要他还活着，这篇手记就不可能发表。因为，他肯定会在出版社方面想办法的。为了伸张正义，除了干掉武田之外，没有别的办法。"

"你同武田究竟是什么关系?"

"我曾对他充满幻想，那是一个以为他会给有前科的人带来幸福生活的美梦。但他只是利用他们。"

"你自己不是也曾巴结过这位丑恶的政治家吗? 不是也是为要踏入政界才去帮武田诈骗了五亿日元吗? 因为这件事干得不怎么漂亮，你非常生气。不仅如此，你同武田之间在很早以前就曾有过很卑鄙的交易。"

"您说什么?"

"我是说你同武田信太郎的孽缘。关于你的情况我们已经作了各方面的调查，其中最有趣的是你的学生时代。当了律师之后你是权力志向型的，而学生时代的你却是无政府主义者，迷信恐怖行为。大学四年级时，你所属的那个小组在 M 物产公司的计算机室里安装了定时炸弹，在爆炸前被发现，小组的四个人被逮捕，而身为领导者的你却安然无恙。不仅如此，借此机会，你摇身一变成为一个认真学习的学生，还通过了司法考试。"

"这是以前的事，我都忘了。"

"你出卖了同伙！我们就那次案件曾问过当时办案的人，他们说是从当时资历还不到一年的众议院议员武田信太郎那里得到的情报，是你向大学时代的前辈、当时的众议院议员武田信太郎苦苦哀求以背叛同伙来换得自己无罪。也正是由于在众议院里担任法务委员的武田的活动，你才没有被逮捕，所以没有前科。如果你有了前科，律师不也就当不成了吗？"

"您说的都是过去的事了。"高田把头扭向一边。

十津川继续说下去："可以说，你那见不得人的事被武田信太郎知道了，他抓住了你的短处。即使他背叛你，你也对他无可奈何。为此你更加生气，于是计划干掉他。很明显，这不是公愤，而是私愤！"

"除了《时代周刊》上刊登的手记之外的事，我什么都不想说。"

"还有一个问题，那就是你的同伙为什么非常顺从地帮助你杀人？就算中井裕子是因为她所爱的丈夫为武田信太郎而自杀，所以她很乐意参与你的计划吧，可是其他那些人呢？他们为什么要听从你的指挥？"

"当然是感恩于我了。我作为一名律师经常对被告抱着爱护之情，竭尽全力去为他们辩护。如果被告很穷，我给他们辩护也不收辩护费。就是因为这个缘故吧。"

"我知道你是个出色的律师，但我不相信他们这些人全都是为了感激你的恩德才帮你杀人的。特别是那些因伤害罪被判一两年轻刑的人来帮你杀人，这于情理不合。"

"可确实是他们全都帮助了我，您不能否认这个事实吧？"

"考虑起来原因只有一个。律师这一行，不管人家愿意与

231

否，他总是处于了解辩护人秘密的地位。被害人请了律师，就要把事情向律师全盘托出。当然，律师在法庭上对不利于被告的秘密是不说的，但在法庭之外，就会很容易地把这个秘密当作武器来威胁被告。你就是一边为被告辩护，一边调查出被告的秘密，并以此威胁他们服从你的。这一点他们被捕后会查清楚的！"

"……"

高田沉默不语了，十津川的话击中了他的要害。

十津川并不为此拍手称快，反而怀着一种失望的心情走出审讯室。

十津川邀龟井上了街，两个人漫步在午后温暖的阳光下。十津川一边走着一边倾诉似的说道："高田好像还没有觉察到自己和武田信太郎是同一类型的人。"

"他为什么来自首呢？仅仅是为了要在《时代周刊》杂志上发表自己的手记？"

"是由于高田独特的自尊心吧。这家伙直到最后还想出人头地。不过……"

"不过什么？"

"我还是有不能理解的地方。"

"警部！"

"什么事？"

"这件事也许同本案无关，听说高田在拘留期间曾两次饭后都吐了。一般来说罪犯在自首后心情上轻松了，食欲应该增加的。"

"两次都吐了？"

"他是不是有胃病？"

"他是出生在广岛的啊!"

"广岛曾遭受过原子弹的灾害",这一想法掠过十津川的脑海。可即便是如此,高田也不会承认自己的身体遭受过原子辐射的。因为,他绝不会让人认为自己是因为这个原因才来自首的。

两个人来到车站附近的一家书店前,龟井突然叫出声来:"奇怪了,《时代周刊》没有了!"

"是由于你一下子买走了五本吧?"

"不,我不是在这家书店而是在车站小卖部买的。"

他们走到下一个书店仍未发现一本《时代周刊》。

"这可奇怪了!我去打听一下。"

龟井进入书店里。过了两三分钟,他带着兴奋的表情转了回来。

"还是没有。在这个店里我让他们问了问出版单位,回答说本周号的《时代周刊》全部售光了。"

"销售一空?不是今天刚卖的吗?"

"是的。据出版社说连一本库存都没有,而且也不准备增印。"

"就是说,有人包买了!"

"是的。据说今天市面上拿出来的全部被人包买了。"

"欲盖弥彰!"

"您是说武田信太郎一旦成了五亿日元诈骗案的真正罪犯将会有不少人的日子不好过吧?"

"高田会失望的。"

"我们怎么办?"

"彻底查清本案,澄清事实。当然,必须搞清五亿日元诈骗案的来龙去脉。而且要不断地向记者公布我们了解到的情况，至于报道不报道那是宣传部门本身的问题了。"十津川说完以后看了看手表，"到时间了。"

"什么事?"

"两小时后中井裕子将从新潟押解回东京。我们现在就到羽田机场去接她。不是可以从她那里了解到有关案件的情况吗? 查清案情这还仅仅是开始!"

寝台特急殺人事件

西村京太郎

本书译自日本光文社 2009 年版

© Kyotaro Nishimura